行走中国

此景只应天上有
原味侗乡

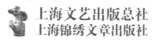

上海文艺出版总社
上海锦绣文章出版社

图书在版编目（CIP）数据

此景只应天上有——原味侗乡/刘芝凤著.–上海：上海锦绣文章出版社.2008.8

ISBN 978-7-5452-0122-2

I. 此…II .刘… III.侗族–民族文化–中国 IV.K287.2

中国版本图书馆CIP数据核字（2008）第110836号

总 策 划 何承伟
监 制 吕石明
责任编辑 李 欣 李丽逸
特约审读 王瑞祥
封面设计 周艳梅
版式设计 周艳梅 张独伊
责任督印 张 凯

书 名
此景只应天上有——原味侗乡
作 者
刘芝凤
摄 影
刘芝凤等
出版、发行
上海锦绣文章出版社・上海故事会文化传媒有限公司
地址：上海绍兴路74号
电子信箱：cslcm@public.sta.net.cn
网址：www.storychina.cn
印 制
上海中华商务联合印刷有限公司
规 格
787mm×1092mm 1/16 印张：8.5
印 数
00001–10000册
版 次
2008年8月第1版 2008年8月第1次印刷
书 号
ISBN 978-7-5452-0122-2/G056
定 价
39.00元

告读者 如发现本书有质量问题，请与印刷厂质量科联系 T：021-59226097

STORIES

上海故事会文化传媒有限公司　出品
(00180)

江山多娇 魂脉永系

总序

　　历史文化图书《话说中国》的工作暂告一段落后，我随即开始了它的延伸产品——中国地理文化系列的图书出版工程《行走中国》的策划和编辑。与《话说中国》的策划思路一脉相承，《行走中国》系列丛书是要秉持"普及人文地理知识，弘扬祖国民族文化"的编辑方针，结合更多的文化资源，向广大读者倾力推出又一批大众文化精品力作。

　　《行走中国》，顾名思义，显然要讲祖国的地理知识，讲我们脚下的这块大地的故事。但如果光讲自然地理，不讲生活在这块美丽的大地上的人，不讲我们民族的先人在历史长河中创造的绚丽的文明，也许难以激发我们对中华民族生存的这块大地的激情，更难以激发对曾经为她付出辛勤劳动乃至献出自己生命的先驱们的崇敬，我们面对的这块大地会因此失去光彩，这套丛书也会因此失去灵魂。

　　显然，《行走中国》要做到人与大地的结合，也就是地理与文化的结合。这就是编辑出版这套地理文化系列丛书的宗旨。

　　面对祖国神秘的高原、险峻的峡谷、辽阔的草原、巍峨的群山、万年的冰川、奔腾的大河、澄净的湖泊、浩瀚的森林以及这自然界的万物，我们可以无比自豪地说，在中华民族生存的这块大地上，我们拥有着其他国家难以比拟的地质地貌和自然风光。

　　《行走中国》将带你走进被喻为"世界屋脊"和"地球第三极"的青藏高原，探寻世界上最幽深、最奇险、最壮阔的地质地貌：峻美的雪山、圣洁的湖泊，就像高原神灵的化身，神秘而美丽。而每逢盛夏，广袤的草原之上，杜鹃花盛开、点地梅争妍、黄羊奔突、野驴悠闲、云雀恬唱、雪鸡盘旋，又完全是一派动植物天堂的景象。

　　《行走中国》将带你走进中国乃至世界地理环境最复杂的地区之一——被联合国教科文组织列为世界自然遗产的"三江并流"地区。发源于青藏高原冰山雪峰中的怒江、澜沧江、金沙江这三条大江并肩南行、飞流直下、一泻千里。"三江并流"的名字由此而来。在这里，山河险阻，雪峰林立，高大的雪山和滚滚长河构成了滇西北地区大山大水大气派的地形地貌，也成就了一块神奇雄壮的土地。身临其境，人们的精神就会飞越万水千山，眼前展现的是一个圣洁的世界，那样洁净、明亮，没有一丝杂质。

　　《行走中国》的力量，不仅使我们为祖国的壮丽河山所惊叹、所感动，为大自然的鬼斧神工、神奇造化所折服，更使我们的灵魂为一种人类文明的力量所震撼，那就是中华民族在这片神奇的土地上披荆斩棘、生生不息，在历史长河里所创造的灿烂文明。

今天在中国的大地上，到处都留下了我们民族世代相承的文明遗迹。这些文明遗迹，有的是无形的、有的是具实的；有的深处崎岖险地、有的遗落于风景绝胜，它们长存于天地之间、和谐于自然之中，依附于大地也照亮了大地。而如果要说最具代表性、最密切地关联着中国自然地理的古代文明遗迹，则无疑要数绵延万里连接中西商贸及文化交往的古代"丝绸之路"、被誉为"世界一大奇观"的万里长城，以及遍布祖国大江南北的旷世奇观——古代建筑地标。

这些也正是《行走中国》要带你穿过的必经之路。

在这几条路上，我们将充分了解中华民族在几千年前如何打通连接欧亚大陆之路，为世界文明发展所做出的贡献；我们将充分认知，中国古代建筑，如何独树一帜，并影响了许多亚洲国家，成为和伊斯兰建筑、欧洲建筑并列的世界三大主要建筑体系之一；我们会更加坚信：长城，不仅是为了抵御外来入侵而建造的，她绵延万里的雄伟身姿，已成为中华民族的形象符号，深深镌刻在人们的脑海里，挥之不去，每个中华儿女，都为祖国拥有万里长城而感到骄傲。

《行走中国》，让我们循着大自然的瑰丽，沿着古文明的踪迹，期待着一次次震撼和感动。与此同时，一路走去，我们将接触生活在这片土地上的，不同习俗、不同语言、不同信仰的不同民族，他们多姿多彩的生活，让华夏大地异彩纷呈、魅力无限。正是这些绽放在中国大地上绚烂的民族之花，给沉寂的大地带来了无限生机和魅力。一路走去，我们还将沿着历代英雄的足迹，遥想他们为民族的生存发展所创建的丰功伟绩，以激励自己为中华民族的振兴，做出自己应有的贡献。

壮丽的自然风光，灿烂的中华文化遗产，是我们祖国的瑰宝。在大地之上建设着家园、创造着文化、守护着文明、延续着民族精神的华夏儿女，更是这片神奇土地永恒的灵魂。《行走中国》，固然是对中国自然地理、历史文明的一次深刻的记录，更是一场关于中华民族精神的激情呈现。

我深深地相信，读完《行走中国》，你会更加热爱中华民族赖以生存的这块大地和生活在这块美丽大地上的人民。

何承伟
上海文艺出版总社编审
《话说中国》《行走中国》总策划

品阅祖国大地华美篇章的途径
——本书导读示意图——

以地理文化为核心的《行走中国》系列，以生动活泼的讲述方式，汇集众多著名摄影家的珍贵摄影作品，向读者娓娓诉说祖国大地的起伏沧桑，人文风情，是一部熔地理、历史、生态、民族、考古、民俗、建筑等学科知识于一炉的中国地理百科丛书。

为方便读者迅速进入本书的阅读，我们特设计本导读示意图，为您一一解析本书丰富多样的构成元素，使您能够轻松自如地品阅华夏大地的秀丽河山。

随时感受地理文化的浓郁气息与编纂创意的独具匠心

整个版面构成灵动而不失规矩，大气中又着意细节，充分体现出本书知识信息密集、图文并重、元素丰富、检索便捷的特点，使读者在本书任何一个页面上，都能感受到地理文化的浓郁气息与编纂创意的独具匠心。

多元、密集的知识性信息，构成了全书另一个重要组成部分

专栏的设计，弥补了正文叙述中知识点不足的局限，使全书的信息得到有效的扩充和延伸。这些经过精心选择的练达的知识板块，内容丰富，不拘一格。或进一步注释正文的要点，或由某一处引申开去，广涉相关的人文地理知识；或讲述一地一物，或上下百年，跨越千里，使读者在享受畅快阅读的同时，从中感受到理性与感性的交织，获得丰富的地理文化知识。

大量独具身临其境感受的图片系统

图片内容涵盖面广泛，能够深入呈现主题。拍摄角度细腻独到，极富现场感，立体凸现了中华大地上各种独具一格的地理地貌、自然风光，反映了文化、宗教、民风民俗、社会生活等各方面的发展变化，堪称是地理文化的全息图像。

索引系统提升本书的实用性

全书均备有索引系统，依不同内容，索引项的设置也各异。这些索引项不仅出现在页眉或页脚，对正文内容起到提纲挈领的作用，同时，还汇编成索引列于书末，从而迅速帮助读者检索到相关条目，具有很大的实用性。

《行走中国》以丰富精美的文字和图片，将中华大地独一无二的秀美景致和生生不息的文化传统，演绎得生动而传神。就用这张导读图，来开启您一程赏心悦目的中国地理文化之旅吧。

丛书名

本书名

行走中国 /此景只应天上有——原味侗乡

楚越古通道

兵家必争楚越交界

很有幸，我父亲当年为了爱情留在了湘西怀化，也很庆幸我母亲是一位土生土长的侗家女人，这让我从孩提时起就对侗族地区有了感性认识。怀化是湖南的西大门，也是湖南侗族聚居之地。不论是南侗的通道、靖州还是北侗的芷江、新晃，自古就是"南楚极地"、"百越襟喉"，

〇〇三 古通道 024

沅水河景色

"荆州西南……这里自……是中原与……争之地。当……"一军塞嶱……的五万兵马……郎"也是从……南蛮，也在此……"老骥伏枥……征，就是沿……侯行军鼓"……十二路南征……是以通道为……势力，阳上……

图片/图片丰富，与主文或专栏相互呼应，方便读者的理解，并以最直接的方式对读者造成视觉冲击。

章标题

段落标题/进一步细化主题，使读者更加清晰地掌握主文结构。

主文

章名

地名、关键词/将主文中的地名、关键词提炼出来，标注于此，并汇编成索引于卷末，方便读者检索，具有很大的实用性。

| 地　名 | ●通道 |
| 关键词 | ●楚越合璧、商贾之道 |

场，苦战五年。此后中国历史上数次著名人物和事件，都因通道的特殊地理位置而发生许多重大历史演变。

早期的商贾之道

这条古代楚越交界的通道上，不仅是历代兵家必争之地，也是3000多年来中国通往古西域、中原通西南民间商道的必经之地。中国对外贸易的交通历史，后人可以从中国文物考古中发现，3000多年前古西域的货币，以及早在2000多年前古西域各国就以金子换中国的丝绸，集市上满街都是中国西南的枸酱、茶叶等史实，都足以说明。

地名知识百科

通道

通道侗族自治县之所以叫通道，是因为这里自古至今就是北接古楚国，南连越国南部的通道，自古就是"南楚极地、百越樓樓"的民间交通要道之地。早在唐代前后，这里因为南来北往的商家颇多了，便形成了民间驿站集市。至到宋徽宗崇宁元年（公元1102年）这里就设置了"罗蒙寨"（通道旧县城，今県溪城），以"罗蒙寨"设置后，县官带领当地乡绅（神水相的农民）修造了人走道、下南端，连接广西和贵州的通道，因此这里便成了北接古楚国，南连越国南部的古道。通道拓展为官道后上报朝廷，宋徽宗龙颜大悦，于次年也就是公元1103年赐"罗蒙寨"名为通道。于是通道县名便使用至今。

位于湘桂交界的古通道

中国的交通在秦始皇开辟五尺道之前，除了民间马帮商道，多是利用水上交通进行人和物的流通。这一点在湖南洪江市（原黔阳县）岔头乡的7800年前高庙文化遗址出土的文物中就有所体现。而中国内地西南走西域，以及

章标题关键词、章编号、页码/方便读者翻阅。

位于湖南通道芋头寨的古通道

图片说明/深入揭示图片的内涵，使读者对图片产生新的认识；同时，对主文或专栏涉及的内容进行补充。

专栏/本书设有"地理知识百科"专栏，该专栏将主文所涉及的地理、历史、生态、民族等相关内容进行延伸或补充，增加本书的知识量与信息量，同时丰富主文的内容。在卷末附有检索系统。

目录

天梯上的广西侗族

原汁原味黔东南

侗文化长廊——怀化

古傩文化之乡——铜仁

附录

不了乡情十万年

行走侗乡对我来说，是熟得不能再熟、亲得不能再亲的举动。想当年湘西剿匪时，一位四川汉子爱上了一位侗家姑娘，于是早在我出世前就注定了我对侗乡的感情取向和血缘关系。从孩提时代到少年时期，每年的暑假几乎都是在侗乡的古镇上度过的。那里有我的亲人、朋友和点点滴滴的回忆与神秘的印象。

四十不惑，到了这个年龄，复杂、冷漠、虚伪，使人感觉累得不行，老想走出去，逃避一时，让自己销声匿迹一段时间。于是行走的愿望，成了自己燃烧生命的动力。再于是那渐已遥远、片片段段的记忆和早已淡忘了的往事，毛遂自荐、画面式地一溜儿地涌向本来就不宽敞的脑海记忆中，闯进我的睡梦里。那回荡在峡峪溪河边上的朗朗笑声、那被神秘古怪的傩俗惊吓到的哇哇哭声，时近时远纠缠不清。想到要出一次远门，想到自己将要在闹市中、在亲朋好友中消失一段时间，就像在真空中蒸发一样，竟然鬼诡地开心起来。肌体开始有了活力，旅行的计划油然而生，最后需要准备的就是即将行走前的能量和说出来自己都觉得实在幼稚的老套话：勇气和信心。临出门为自己找了一条堂而皇之的理论：一劳一逸，一张一弛，养生之道也。这是老祖宗说的呢。不错！就是这个理由啦。

行走侗乡真是一件愉快的事。当我顺溪而下或逆水而上，听着那流水潺潺时，当我跨过涛声不息、清澈见底的小溪小河，徒步进寨时，不是诗人也陶醉得变成诗人了，十万年不了的浓浓乡情油然而生。"闲上山来看野水，忽然水底见青山"的舒逸，让我忘记人世间的纷扰。随意逐波一段，或漂流一程，那"斜阳流水推篷坐，翠色随人欲上船"的

意境更是让我感受到清朝大文人纪昀的诗情画意，仿佛两岸宜人景色真的吸上了船，山峦林木茂密，江中绿水涟漪，放眼无处不绿。

朋友，如果你走进侗乡，当你爬上海拔虽然只有几百米，但其山势之险不亚于黄山的新晃县鹰头岩时，那种"一夫当关，万夫莫开"的英雄气概，会让你有一种胜利者的小小满足；当你观赏到古藤缠树、山花遍野，溪河像一条条飘逸的丝带萦绕山梁时，会让你对中国历代诗人写山写水的美好诗词领悟得更加深刻。而如果此时即兴朗诵一首自己创作的诗，会让你感到无比的豪情壮志，惬意之极！当你翻过一座山或转过一道湾，忽然发现风雨桥、鼓楼和没有一砖一瓷的纯粹古越式或古楚式原生态民居村寨时，那种美妙更是一时找不到词语来形容。行走侗乡让人回归自然。当你漫步乡间，看到发情的公牛们为了得到母牛的青睐，而角对角地进行决斗，定会被那动物间原始本能的争斗场面逗得哈哈大笑；当你走在村寨中，看到背着孙儿的老妇，胸兜边自然而然露出两只岁月如歌的奶头，定会感到无比的庄严和神圣；当你亲自体验行歌坐夜，感受独木梯爬窗唱情歌，释放囚禁已久些许麻木的情感，未尝不是一件叫人快乐、让人心跳、只可意会不可言传的美妙体验。不枉此行，恐怕是您和我对行走侗乡一样的感受。

行走侗乡又是一件非常苦的事。因为侗族人仍保留着原始的宗教信仰，各地植被保护得很好，当你毫无心理准备忽然在森林中迷了路，在旷无人烟、重峦叠嶂的峡谷中不知尽头时，常常会暴露出孩童般的恐慌、孤独者的脆弱和智慧者的不幸。这时的你，为了省事冒险一个人翻山累得贼死，真有身子在地狱，眼睛在天堂的悲壮之感。

走进侗乡，大有返璞归真，回归自然之感，是一次人性本初的大体会，让人快乐！刺激！豁然！

那片黄土地

总述

　　在那云贵高原的尾端,在长江与珠江分界的地方,历史的长河冲积出一片富饶美丽的田园——侗乡,当年古夜郎之所以"自大",当年司马迁之所以在楚越之地流连忘返,都是因为这片黄土地上"饭稻鱼羹,良田万亩"。据中国第五次人口普查,侗族人口296.63万,位于55个少数民族的第11位,主要分布在西南一带,在贵州黔东南苗族侗族自治州、铜仁地区人口约有130余万,湖南怀化市约有90余万,邵阳市约有10余万,广西桂林龙胜各族自治县和柳州三江侗族自治县约有50余万,湖北鄂西地区约有5万余人。

　　侗族是一个大聚居小分居的民族,古百越后裔,是中国最早耕种水稻的民族之一,至20世纪50年代前一直延续着氏族部落联盟性质的"合款"。每个氏族或村寨,皆由"长老"或"乡老"主持事务,用习惯法维护社会秩序。"合款"分大小,"小款"由若干毗邻村寨组成;"大款"由若干"小款"联合组成。"小款首"由寨内公推,"大款首"由"小款首"商定推选。共同议定的"款约"必须遵守,款民大会是最高权力组织,凡成年男子均须参加,共议款内事宜。现今侗族合款并没有完全退出历史舞台,在民间凡遇大事,仍旧由各村寨"嘎老"们合款进行"行为约定"。

　　在这片黄土地上土生土长的我,跟我父亲一样,骨子里渗透着浓浓的侗乡情。30多年来,我的足迹踏遍了侗乡的山山水水,这里的一草一木,一枝一叶,一村一寨,朋友和亲人,闭上眼睛我都能如数家珍。侗族为什么称为"侗",儿时曾问过我外婆,外婆说:"侗族怎么来的,不知道,但是侗家祖辈的祖辈上就被人喊'峒'人。"我问:"是山洞的洞吗?侗族祖先是住山洞的猿猴吗?"外婆笑得喷饭,全家人都笑得前翻后仰。父亲告诉我,"此峒非彼洞,侗乡人说的峒,指的是山峡间的坪场"。长大后,自己从事民俗研究,这才知道由于侗族及其

先民历来居住于溪峒,唐代及以后史籍还以"峒(洞)蛮"或"峒民"泛称侗族人,宋代始见专称,明代以后改为"峒(洞)人"或"侗人"。有学者认为其原因是:"侗人居溪峒中,又谓之峒人",侗族主要居住在湘黔桂三省区交界之地,湖北鄂西有5万余人,是湖南侗族迁徙后代。侗族以方言区划分,属汉藏语系壮侗语族侗水语支,分南部侗族方言区和北部侗族方言区。人们习惯简称南侗、北侗。南侗以原生态环境与民俗地理为特色,包括湖南怀化市的靖州苗族侗族自治县(部分)、通道侗族自治县;邵阳市绥宁县5个侗族乡镇、城步苗族自治县的长安营侗族乡等;贵州黔东南苗族侗族自治州黎平、榕江、从江3县;广西桂林的龙胜各族自治县、柳州的三江侗族自治县、融水苗族自治县的4个侗族乡。北侗以历史名城、历史古迹为时代特征,包括湖南怀化市的新晃侗族自治县、芷江侗族自治县、靖州苗族侗族自治

县(部分)、会同县、洪江市等；贵州黔东南苗族侗族自治县的岑巩、剑河、镇远、天柱县、锦屏5县以及铜仁地区的万山特区和玉屏侗族自治县等。

侗族种稻为业的习俗始于中国野生稻向人工栽培稻转折阶段，这是我从作家转为民俗学者后研究稻作文化时从文物和文献上确认的。由于水稻生长的固定季节性以及温饱带给人们的安逸生活，使得水稻耕作民族的迁徙性不强，因战乱或为开垦土地迁徙的侗人重新组寨，也是一住数百年。水稻耕作民族的原始宗教以及数百年历史的居住，使得侗乡处处古木参天，寨寨有故事，村村有历史。在新晃侗族自治县出土了5万~10万年古人类群居遗址；在靖州苗族侗族自治县出土有4500年以上历史的古陶篾纹饭钵，与现今侗族苗族上山带饭用的竹饭钵一模一样；在洪江(原黔阳)沅水河畔的岔头乡出土的7800年前的古陶，上面有獠牙裂齿绘画，揭示了中国乃至世界最早的农耕祭祀文明。以典故、历史、侗话等命名的村村寨寨更是让人感觉到侗族的神秘与神奇。

中华人民共和国成立后，1951年8月19日，广西龙胜以侗族为主的各族自治县经国务院批准成立，1952年12月3日成立广西三江侗族自治县，1954年5月7日成立湖南通道侗族自治县。1956年7月23日建立贵州黔东南苗族侗族自治州，同年12月5日建立湖南新晃侗族自治县。18年后，贵州玉屏侗族自治县、湖南芷江侗族自治县、湖南靖州苗族侗族自治县先后建立。国家民族区域自治政策的贯彻和实施，实现了侗族人民当家作主的愿望，同时也将侗族自治区域永久地记载在中国的版图上。新中国成立半个多世纪以来，侗族地区不仅湘黔、枝柳铁路横贯，并且县县有了公路，乡乡通了汽车，沪昆高速公路也从北侗穿过。国家为发展侗族地区的经济，在铜仁、黎平、芷江三地修建了机场，让侗乡插上了翱翔的翅膀。丰富的水资源，又让侗乡犹如灿烂的明珠，通过国家电网让中国变得更加明亮。

走进侗乡那片黄土地，酒不醉人人自醉。

侗语区

汉语区

北部方言侗族分布区

南部方言侗族分布区

省地州市界

县界

恩施土家族
苗族自治州

恩施市

铜仁地区

铜仁市

万山特区

怀化市

怀化市

芷江侗族自治县

新晃侗族自治县

玉屏侗族自治县

洪江市

洪江区

邵阳市

镇远县

黔东南苗族
侗族自治州

靖州苗族侗族自治县

新宁县

黎平县

通道侗族自治县

榕江县

龙胜各族自治县

从江县

三江侗族自治县

桂林市

融安县

柳州市

生态侗乡

　　侗族是古骆越发展下来的中国最早耕种水稻的少数民族，由于水稻程式化的栽培模式，经过上万年的积累和沉淀，形成稻作民族"一碗米饭饿不死就不愿迁徙"的民族性格。因此，侗族地区的侗寨历史少则上百年，多则上千年，村寨前后都是一片茂密的森林，村头雕着龙凤、绘着彩画、盖着屋檐的风雨桥，当地人称之为花桥。桥下有小溪或大河，长年流水不断，借助水的动力，侗家人在水边建筑了一间简陋的碾房，是公用碾房。

　　侗族崇拜万物有灵，视树为风水树、神树。因此，自古以来，不论社会风云变幻万千，这里仍然是绿树成阴，郁郁葱葱。时至今日，形成了自然生态环境和民俗地理天人合一的人间仙境。

那山那水那林

宋代黄庭坚曾有一名句："眉黛敛秋波，尽湖南，山明水秀。"湖南美，美在湘西，美在侗乡的山，秀在侗乡的水。

侗乡的山水为什么这么美丽？从《怀化地方志》、《黔东南州志》、《桂林市志》中都能找到答案。侗族地区早在10亿年前就经历了地壳运动与构造层的重组，学术上称武陵运动。之后又受雪峰、加里东、印支、燕山、喜山等六次大的地壳运动影响，形成今天这种喀斯特地貌。如通道独岩、万佛山等，在地质学上称"中山齿脊峡谷"。

在洪江黔城汇合的巫水、渠水等沅江水系

秀奇幽险的通道独岩和万佛山

侗乡的山最著名的非通道独岩和万佛山莫属了。没进通道县城就能看到那高高的独耸在城郊的石柱，现为独岩公园。站在独岩之巅，有一股豪气从心底升起。望着脚下的一片森林，好似在碧波万顷中矗立着一座孤峰，宛如一片水面上的"上天竺"，金鳌峰的鳌头在水中满满地咽下三杯，把

地理知识百科

喀斯特地貌

雨水沿水平的和垂直的裂缝渗透到石灰岩中，石灰岩（碳酸钙）在略有酸性的水中容易发生溶解，将石灰岩溶解并带走。由于地表物质也被流水带走，还没有被溶解的石灰岩就形成了石灰岩喀斯特面。这种现象在南欧亚德利亚海岸的喀斯特高原上最为典型，所以学术界通常把石灰岩地区的这种地形笼统地称之"喀斯特地形"。

江山的绿色都吸尽了。此时此刻，我想起元代王恽的一首气吞山河的曲："苍波万顷孤岑矗，是一片水面上天竺。金鳌头满咽三杯，吸尽江山浓绿。"如果有谁想体验大将之气度，不妨登上独岩巅峰，亲自体验体验。

红石群峰，丹霞万佛则是万佛山的特征。万佛山位于通道侗族自治县城以北20公里的临口镇太平岩村，由万佛山、万佛寺遗址等大小40余处景点和36弯森林迷宫组成为一个原始生态区。特点是集秀、奇、幽、险为一体，是大自然留给通道人民的一笔丰富的自然资源。1997年我和央视《中国侗族》摄制组的朋友们站在万佛山巅，俯视峰林，一座座红石山峦果真如同一座座胖佛的头，排列在脚下的云层中间，气势磅礴。用一句古诗来形容，便是"秋色入林红黯淡，日光穿竹翠玲珑。酒徒飘落风前燕，诗社凋零霜后桐。"虽然没有酒助兴，但我们仍旧醉意朦胧，摇头晃脑起来。

湖南通道万佛山

孕育万物的五溪之水

侗乡山美水更美。因为这里是远古时期的五溪之地，五溪之水孕育了万物生命，使得这片土地成为5万至10万年以前古人类群居的理想家园。

"五溪"，来源于古武陵郡中的五条汇入沅水的大溪。关于"五溪"的解释，历史上的说法不一。最早的"五溪"解释见于《水经注·沅水》："武陵有五溪，谓雄溪、樠溪、无溪、酉溪、辰溪。"在以后

的史书中，有把"无溪"写为"武溪"，认为字异意同，即为现今北侗地区的母亲河。也有认为五溪为"酉、辰、巫、武、沅等五溪"之说。许多注释中把雄溪当作辰溪(今怀化市辰溪县境内)，但历史上的洪江古地名就称"雄溪"，洪江河水就是沅河水。但不论溪名同与否，都在武陵境内。概而言之，这五溪有两溪溪头在贵州黔东南，如同血脉遍及湘鄂渝黔桂交界之地，与其他三条溪一道，在湖南沅陵县汇入沅江进洞庭湖，入长江汇入大海。古时被称之为"五溪蛮"的五省交界之地的人口，以苗族、侗族、土家族和瑶族居多。

林的海洋

在这群山秀水之间，是侗乡绵延不绝的茫茫林海。据说侗族地区在50年前到处都是林的海洋，原始森林和原始次森林每县都有，如今湘黔桂三省交界的侗族地区森林覆盖率仍然是全国最高的，南侗地区的森林覆盖率仍居全国之首。湖南通道侗族自治县的森林覆盖率竟高达70%，活立木蓄积量729万立方米，乔木3000多种，其中国家保护稀有珍贵树种44种，为湖南省树种资源最丰富的县份，享有"亚热带树种资源库"之美称。贵州黎平是全国28个重点林业县之一，森林覆盖率达88.44%。黎平国家森林公园面积5475公顷，以太平山森林为主体的风景资源丰富多彩，组合性好，特色鲜明，景点景区的互补性强。大面积富于季节变化的森林、色彩丰富的绿林山野、风光秀丽的亮江河和神奇的喀斯特溶洞景观，组成了侗族地区和谐古朴自然的山水林风光。

古森林中的侗寨

一脚踏三省

风景独好的三省坡

最早知道侗族是一个大聚居小分居的民族是在我22岁那年，为给侗乡写一篇除夕的散文，我赶到湖南新晃侗族自治县的中寨，才知道那里与贵州天柱、镇远和万山连山连水，之后到了通道侗族自治县，那里竟然与广西三江、龙胜和贵州的黎平连山连水，中国侗族虽然主要分居在湖南、贵州、广西三省区，但北侗和南侗如同两只亲嘴的蝴蝶连在一起。更巧的是湖南通道、广西三江和贵州黎平三县以一山分界，一脚踏三省区，人称三省坡。三个县的侗族人口都是全国各地侗族人口最集中的地方，分别占总人口的70%-90%以上。

侗族地区的人脉从三省坡向四面八方辐射。

三省坡顶一年中有一半多时间被云雾环绕着，即使爬上山峦，也有"不识庐山真面目，只缘身在此山中"的感受。1997年我与中央电视台专题部《中国侗族》栏目组到三省坡拍外景时迷了路，山上茅草比人高，"古树参天"这个形容词也是那时才有深刻体会。我们根本无法拍到全景，因为在三省坡山顶，浓雾绕身，我们只能从密密的树林茂叶的空隙中看到白茫茫的天空或蓝天白云。如果没有当地人带路，外人很难找到三省坡上那一脚踏三省的界碑。我们去了两次都无功而返。上、下山的路是采药人踩出来的羊肠小道，央视编导小峰是北方大个儿，小道还容不下他那双大脚，结果几次被摔得皮破血流，我们呆在山上又饥又冷，湖南省民委吴万源老师手上的一个苹果成了全组唯一的美餐。直到后半夜，山下的人见我们没下山，全村的侗族乡亲举着火把上山搜山、喊山才找到狼狈不堪的我们。但三省坡山上的自然美景让我们全无怨言，至今难以忘怀。

优质木材的生产地

三省坡距通道县城40公里，距黎平县城70公里，距三江县城40公里。三省坡的主峰在湖南通道侗族自治县的独坡乡境内，但它的山脉一直向四周伸延到贵州从江县和广西龙胜县境(从江和龙胜也为侗族区域)，距龙胜县城和从江县城分别只有70公里。因此，准确的说，三省坡应是一坡连五县。这个区域的侗人交往频繁，有意思的是通道的侗族与贵州和广西的侗族同源一脉，但

地 理 知 识 百 科

三省坡

三省坡，侗语称"梁蒙"，译成汉语是云雾缭绕之意，即"云雾山"。主峰海拔1336.7米，是雪峰山和苗岭山脉过渡地段的最高峰，大山坐落在湘黔桂三省交界之地，坡西面是贵州省黎平县平架乡，东面是湖南省通道侗族自治县独坡乡，南面是广西三江侗族自治县独峒乡，因此称之为"三省坡"。

一脚踏三省
（通道旅游局提供）

《"一脚踏三省"—湘、桂、黔三省交界处三省坡》

从服饰到文化却有许多的不同。

　　三省坡山峦起伏，重峦迭嶂，山涧溪水遍布。崇山峻岭中，望不到头的是一片林海，郁郁葱葱。随我们同行的湖南省民委民俗专家吴万源老先生和当地的村干部告诉我们，这山里盛产杉木、松木、楠木、水青冈和黄杨木等质地优良的木材，还有国家二级和三级保护树种，如伯乐树、马尾松、白梓树、红花木莲和凹叶厚朴等。

楚越古通道

兵家必争楚越交界

很有幸，我父亲当年为了爱情留在了湘西怀化，也很庆幸我母亲是一位土生土长的侗家女人，这让我从孩提时起就对侗族地区有了感性认识。怀化是湖南的西大门，也是湖南侗族聚居之地。不论是南侗的通道、靖州还是北侗的芷江、新晃，自古就是"南楚极地"、"百越襟喉"，"荆州西南隅要服之地"。

这里自古以来就是古楚越交界的地方，还是中原到西南的瓶颈之地，也是历代兵家必争之地。当年为统一天下，秦始皇南征百越，曾"一军塞镡成之岭"，使其归服朝廷，但秦始皇的五万兵马曾葬身此地；汉武帝"灭且兰，打夜郎"也是从这里水路改旱道；东汉马援将军征南蛮，也在此留下"革马裹尸"、"老当益壮"、"老骥伏枥"的悲壮史迹；三国时，诸葛亮南征，就是沿着楚越古通道进入岭南，还留下"武侯行军鼓"一面；唐初李孝恭、李靖统领大军十二路南征萧铣，取辰州、叙州，进军岭南，也是以通道为路径；清朝康熙皇帝为抑制吴三桂的势力，阻止吴三桂进中原，也是在这里布下战

沅水河景色

场，苦战五年。此后中国历史上数次著名人物和事件，都因通道的特殊地理位置而发生许多重大历史演变。

早期的商贾之道

这条古代楚越交界的通道上，不仅是历代兵家必争之地，也是3000多年来中国通往古西域、中原通西南民间商道的必经之地。中国对外贸易的交通历史，后人可以从中国文物考古中发现，3000多年前古西域的货币，以及早在2000多年前古西域各国就以金子换中国的丝绸，集市上满街都是中国西南的枸酱、茶叶等史实，都足以说明。

位于湘桂交界的古通道

中国的交通在秦始皇开辟五尺道之前，除了民间马帮商道，多是利用水上交通进行人和物的流通。这一点在湖南洪江市（原黔阳县）岔头乡的7800年前高庙文化遗址出土的文物中就有所体现。而中国内地通西南走西域，以及

位于湖南通道竿头寨的古通道

湖南通道木脚乡的古道溪景

2000多年前古楚人与古越人的民间交流，在楚国与越国交界的地段，古人们趟出来的民间道路，便是楚越的古通道。云南贵州运往皇宫官府的木材栋梁就是从这里通过水路发排出去，

古通道上的古楚吞口式建筑

桐油、药材及山珍也是从这里进洞庭入长江汇大海，从南方水上丝绸之路进入海洋丝绸之路，到达沿海大中城市以及亚洲、非洲和欧洲。因此早在公元1103年宋徽宗就以古楚越通道分界之地的"通道"为县名，为现今湖南通道侗族自治县命名。以交通要道命名县名的，历朝历代在中国还只有这一个，那就是湖南通道侗族自治县。

楚越合璧

在侗族这处远古时期楚越的分界地上，一个县竟然遗存着两种不同古国风格的历史建筑

地 名 知 识 百 科

通道

　　通道侗族自治县之所以叫通道，是因为这里自古以来就是北接古楚国，南连越国南部的通道，自古就是"南楚极地、百越襟喉"的民间交通要道之地。早在唐代前后，这里因为南来北住的商家路人多了，便形成了民间驿站集市，至到宋徽宗崇宁元年（公元1102年），就在这里设置了"罗蒙寨"（通道旧县城，今县溪镇）。"罗蒙寨"设置后，县官带领当地粳民（种水稻的农民）修通了入北楚、下南越，连接广西和贵州的通道，因此这里便成了北接古楚国，南连越国南部的官道。通道拓展为官道后上报朝廷，宋徽宗龙颜大悦，于次年也就是公元1103年赐"罗蒙寨"名为通道。于是通道县名便使用至今。

艺术，让人惊叹之余还是惊叹。以县城双江镇为界，往北（怀化）是古楚之风，往南（广西）是古越之风。这里有红岩石的万佛山、一枝独秀的独岩峰、形如龙脊的九龙潭、胜过九寨沟的木脚溪、国内最大的古树化石，据国家文物部门统计，仅通道侗族自治县现在"地面不可移动的文物有930多处"。侗族唯一的木质拱形风雨桥也在这里。笔者在为这本书做插图时，才无意间发现所选择公用的风光山水美景，竟然绝大多数用的都是楚越古通道的，这可是采访中没有料到的。

古通道上的森林

古通道上的古越干栏式建筑

瓜香果甜六畜旺

养颜美容的四季蔬果

人说侗乡的女人肤色好，姑娘的脸蛋像嫩豆腐似的，即使中老年侗妇的皮肤虽因岁月磨砺留下道道痕迹，而她们黝黑的肤色也依然光洁无斑，黑发如丝。如果说侗乡的妇女们也有养颜美容之术，那得归功于满山坡四季飘香的水果和植物果。

侗族地区的水果之多，是我至今舍不得远离故土到都市高校任教的原因之一。深秋的柑橘柚可以吃到次年的开春，山茶树上洁白的山茶泡，灌木林中红艳艳、粒粒晶莹透亮、清甜可口的三月泡又可以接上初夏的杨梅，盛夏的香瓜和西瓜，珍珠葡萄把满山坡点缀得姹紫嫣红、缤纷多彩，家家菜园里的黄瓜和菜薹将秋天的水果接上，香梨、冰糖柑、香柚、蜜橘、猕猴桃、板栗、尖栗、核桃、花生和枣子又使家家户户过年的茶几堆得丰富多彩。

侗族地区的冰糖柑是我儿时记忆中最深最甜的水果。老百姓说话很直白，说是像冰糖一样香甜的柑子，主要产在怀化地区。原产洪江市（原黔阳县），1935年，黔阳县龙田乡农民发现一株苗壮的野生橙树，挖回栽培，结果不多，果肉脆嫩，食之味如冰糖，老百姓称之为"冰糖包"或

平秋果子多

"冰糖柑"，该品种果实呈圆球形，果皮为橙红色，皮薄光滑。果肉脆嫩无渣，少籽或无籽，味浓甜、清香，品质上等。每年11月下旬成熟。怀化市现有冰糖柑栽种面积15.2万亩，年产量9万多吨，洪江市、麻阳县、芷江县为重点栽种出产县市。贵州黔东南州的榕江、从江等地的柑子也远销国内外。

六畜出国门

侗族地区不仅四季瓜果飘香，更有着远销海外的六畜，侗族地区自古建立在依山傍水的山区河床旁，虽然没有大规模的工业，但大自然赐予了侗人美丽而丰富的水资源与植被资源。八山一水一分田，自力更生，丰衣足食。那特殊气候形成的南方草原，使得侗族地区水牛、黄牛、矮马、山羊、香猪、芷江鸭、雪峰乌骨鸡等牲畜、家禽非常

地　名 ● 洪江、龙胜、芷江
关键词 ● 矮马香猪

多。最有名的是龙胜和从江的香猪、芷江的鸭子、洪江（原黔阳）的乌骨鸡和湘桂黔交界之地的矮马。早在50多年前，湖南新晃、广西三江等地的生猪就出口海外，为国家挣得了可观的外汇。

2004年我曾带着科研组到侗族地区实地考察，来到广西龙胜地灵侗寨，远远看到8米长的石板桥上列队行走着十余只体形袖珍与众不同的小猪，这些小猪四脚短细，尾巴细小，尾间带白，平均体重14.2公斤左右，真是可爱极了。后来到寨里一问，才知道那就是闻名遐迩的香猪。香猪以巴马香猪最为著名，环江香猪、从江香猪、藏香猪等都是上品。巴马香猪，在侗乡还有一个美称叫"七里香"或"十里香"，是这一带的"原居民"。有意思的是，人的近亲繁殖不科学，但用在猪身上，近亲繁殖却产出了可爱的"袖珍猪"。至今广西龙胜和贵州从江，因香猪短、圆、肥之特征而倍受市场的欢迎，而一直保留着香猪的类种。

在广西龙胜的平等、乐江两乡的侗区，还有一种特殊的交通工具，那就是一种袖珍型矮马，高约1.2米左右，只到人的半腰。这种矮马，身子轻、脚短但跑得快，非常灵便。矮马认主人，骑矮马，即使摔在地上也没关系，不会有生命危险，爬起来便是，因为人比马高。

芷江鸭是现今湘菜的"名角"，然而芷江鸭的来历却和我们的一次拍摄有着渊源。1997年中央电视台拍6集《中国侗族》的专题片，我和编导小峰带着摄制组到芷江侗族自治县拍傩堂戏。县民委的蒋主任和宣传部的干部带着我们在城郊一农家吃饭。热情的侗人把家里的鸭子杀了，做了顿丰富的鸭宴。小峰他们把整个做鸭菜的过程拍了下来，说用到侗族饮食文化上。小峰问我，这道鸭菜叫什么名字？我也不知道，问老乡，他也只知道从来就是这么做法，却没个正名。于是我们异口同声把它取名为"芷江鸭"。之后芷江鸭在中央电视台播出后，又跟着节目到法国嘎纳艺术节上进行展播，不知从什么时候起，也不知是哪个有经营头脑的人，把"芷江鸭"挂上了湘菜菜谱，也不知道什么时候"芷江鸭"便成了风靡京城的一道名菜。

平等乡到处是放养的矮马

酒醇稻花黄

悠久的水稻文化

侗族是古百越后裔，百越民族又是创造中国稻作文化，将野生稻转化为人工栽培稻的族群，同时又是最早用巫傩文化进行祭祀的族群。

百越民族创造的人工水稻农耕文化已有2万年左右的历史了，最早的农耕祭祀文明也出土在长江支流沅水河畔的湖南怀化高庙遗址，距今7800年。

早在2004年，我在杂交水稻之父、中国工程院院士袁隆平老师家作客时，先生得知我在筹备

地理知识百科

百越民族

古族名，秦汉以前即已广泛分布于长江中下游以南，部落众多，故有百越、百粤之称。从事渔猎、农耕，以金属冶炼、水上航行著称。有断发文身的习俗。秦汉以后，在长期的发展中，部分逐渐与汉人融合，部分与今壮、黎、侗、傣等族有密切的关系。也有学者把秦汉前形成的南方（包括越南北部和中南半岛诸国）民族称之为百越民族群团，百越，因其分布广泛，内部"各有种姓"，所以被称为百越。

稻作文化

稻作文化是耕种水稻的人们在漫长的社会实践中引申出来的精神与物质文明的总和。通俗解释为水稻耕作民族的民俗文化。具体反映在图腾崇拜、生产习俗、生活习俗、饮食文化、建筑艺术、婚丧嫁娶、节日习俗等方方面面。

中国第一个稻作文化研究团体，非常高兴，借用中国社科院少文所老所长王平凡的话道："稻作文化是世界文化的半壁江山。"之后，他便谈笑风生地为我们中国民协稻作文化专业委员会题下了这句经典总结。

中国56个民族中，稻作民族有30余个。以水稻为主食的总人口占全国总人口的一半以上，稻作民族人口占世界总人口的52.4%。此外，仅以玉米和土豆为主食的人口只占全世界的3%。在亚洲，每年有20亿以上的人从大米及大米制品中摄取60%-70%的热量和20%的蛋白质。由水稻耕作民族在漫长的社会发展过程中约定俗成的稻作文化，不仅是中国文化的半壁江山，也是全世界文化的半壁江山。

悠久的稻作历史产生悠久的稻作文化和酒文化。我在写《中国侗族民俗与稻作文化》一书时，才发现侗族的稻作文化如此丰富。为什么侗族保存着如此原始、恐怖的傩技？为

地　名 ◎ 湘黔桂交界地
关键词 ◎ 百越民族、稻作文化

什么傩祭在侗乡还有着如此旺盛的生命力？为什么南侗地区还有如此之多的村寨继续指食？为什么有的村寨竟然一年四季，长年累月只吃糯稻而不栽种常规稻？为什么粮仓修在水塘之中？为什么侗乡的米酒如此之香？为什么侗族有女还舅家、女不落夫家和娘亲舅大等民俗？为什么侗族有种公地、月也、祭萨、滚泥田、凉亭送水等优良传统？为什么侗族的建筑，不论是多高多长的鼓楼、风雨桥和吊脚楼都不用一钉一铁，全部是用木榫构筑而成？这里面的学问大了，归其源，都是因为稻作民族的秉性所致。酒香稻花黄，尽在不言中。

金灿灿的稻花

〇〇五 ｜ 稻花黄

031

渊源侗乡

侗族是我国最早耕种水稻的民族之一，拥有悠久的稻作文化，袁隆平院士曾说"稻作文化是世界文化的半壁江山"。稻作文化是耕种水稻的民族在漫长的社会实践中引申出来的精神与物质文明的总和，通俗解释为水稻耕作民族的民俗文化，具体反映在图腾崇拜、生产习俗、生活习俗、饮食文化、建筑艺术、婚丧嫁娶、节日习俗等方方面面。

古老的侗族有多古

最早种水稻的民族

侗族是我国最早耕种水稻的民族之一，是古百越的一个支系，这个观点在国内学术界已经达成共识。古老的侗族到底有多古呢？这也是我研究稻作文化的其中一个内容。在侗族世居的这片黄土地上，最早的人工稻耕种历史已长达2万年左右，最早的农耕祭祀文化有7800年，湖南靖州出土的饭篓篾纹陶也有4500年以上历史。既然国内外学术界已认同侗族是古百越的后人，而百越民族又是最早耕种水稻，且将野生稻转化为人工稻的族群，那么，不论侗族先民是从江西来，还是从什么地方迁徙到现今这块土地上，侗族文化之根的历史溯源不会晚于水稻耕作的历史。

有史可查的是，侗族社会历史直到唐代以前仍处在原始社会阶段。在漫长的原始社会进程中，侗族先民已经掌握了原始的稻作技术，驯养家畜，制作酸菜和酿酒。从侗族地区出土的文物看，如果说新晃5万—10万年古人类群居遗址还不能确实证明侗族先人的活动历史，那么从靖州出土的篾纹陶器看，至少在4500年以前，侗族先民就早已定居在这里了。

侗族祖先的由来

侗族祖先源于古越人中的"西瓯"或"骆越"，历史上曾为僚人的一部分，据史书记载，秦时称"黔中蛮"，汉时称"武陵蛮"或"五溪蛮"，隋唐时称"僚浒"或"乌浒"，宋以后称"仡伶"或"伶"，明清时称"侗僚"或"侗家苗"。唐代开始，侗族先民由原始社会向封建社

会过渡。由于历代中央王朝在包括侗族地区在内的少数民族地区建立羁縻制度，秉性善良敦厚且非常能忍辱负重的侗民，在历朝历代中，很少有因为民族矛盾而整体与朝廷对抗造反的记录。直到晚清，侗族社会仍处在早期封建社会阶段。由于实施"改土归流"，土地日益集中，侗族地区进入封建地主经济发展阶段。民国时期则在侗区实行保甲制度，进一步加快侗族封建社会的发展。抗日战争时期国民党将中央政府迁至重庆，湖南省政府迁至芷江侗区，并在芷江修建飞机场。至此北部侗族地区开始大幅度地接受外来文化，包括国外的文化。南部侗族地区因交通不便，仍旧更多地传承本民族的传统文化。中华人民共和国成立后，侗乡先后在20世纪50年代完成了土地改革和社会主义改造，并在侗族聚居地实行民族区域自治。

古老的侗寨

神秘的本土宗教

神秘的路边坟茔

在通道，我们不论走到哪个乡、哪个村、哪个寨，每个寨子进寨的路边或鼓楼边都有一座或普通，或讲究的坟茔。没有碑，没有墓志铭，坟头只有用三块小石板或石头垒成的方形祭坛，坟旁栽有万年青之类的常青矮树。是谁家的坟竟然埋在寨子里如此显眼的地方呢？这种民俗在北侗已经消失，只有侗族南部地区还保存着。吴万源老师告诉我们，这些埋在寨里的坟茔是萨玛坛。我们这才恍然大悟，原来这些坟茔就是侗族全民崇拜的原始祖母神"萨"的"地府"。

萨坛为什么不像其他民族那样设在堂屋的神龛，也不是原始崇拜中当作神树附魂的植物，而是一个坟茔呢？萨坛下埋有具体实物或人吗？如果有，那又是什么呢？这一好奇疑问，促使我们急于解开谜底。

侗族的原始祖神——萨玛玛

听寨里老人说，萨坛供奉的女神称谓有：萨玛庆岁、萨玛天子、萨大天子、达摩天子、萨岁、萨子或萨堂，均属同一女神异译。

南侗萨坛多设在寨中露天风水宝地，也有给萨坛盖个小屋，内设神位，也有给萨坛造个围墙，修个门的。也有设在寨外的，例如芙蓉寨等寨的萨坛就建在寨外或寨背高坡上，只用石块砌成个方垒或圆丘，中间或周围栽有古青树、枫树、楠树等，以示萨坛。

在采访中，我们对萨文化的了解越是深入，对萨坛下埋的是什么就越是好奇。但因为萨坛是不许移坟和动土的，现在的侗家人也很少有人知道里面到底埋了什么。正当我们以为萨坛将成千古之谜时，县志办给我们提供了一个资料。资料上记的是新中国成立后，通道县为了修路、造田，在经得侗族群众的同意之后，先后在该县的平阳、平坦挖掉三座萨堂。萨堂是约1.6米深的长方形、四方形或圆形的土坑，仰放一口铁锅，再放入银质模型生活用具，如小锅、三脚架、碗、筷、杯、衣、裙及剪子、铁架、鼎罐、铁钳、三角架、瓦壶、坛、瓦质台灯、纺纱织布模型（如纺纱机、织布机）等妇女劳作用的工具，再覆盖一口铁锅，然后用土埋好，堆成约1米高的土包（如地阳坪乡张黄村萨堂的土包有5米宽，7米长，1米高）。土包上栽桂花树、千年矮或四季花，萨堂两旁和后方栽野葡萄藤或野刺。

湖南通道县高步侗寨的萨茔

贵州黎平县地扪侗寨的祭萨场景

千古之谜终于解开了。看来侗族对女性的崇拜也源于稻作文化的图腾崇拜。

原始的图腾崇拜

其实，在人类童年时期，由于生产资料和生产技术的原始简陋及生存环境的恶劣，古人的知识水平十分有限，当古人们抵挡不过自然界对先人的侵害时，当他们对自然的力量显得无能和悲观时，就把自然界各种变化的动力归之于上天的神力或动植物的能力。因而产生出本土原始宗教心态，具体表现在图腾崇拜上。每个民族由于特定的环境和条件及地域性的不同，都有自己的图腾崇拜。换句话说，图腾是一种带有民族色彩的原始社会意识形态。

侗族是最早耕种水稻的民族，原始宗教图腾崇拜自然与水稻和农耕生活息息相关。如鱼崇拜、蛇崇拜、鸟崇拜、蜘蛛崇拜、太阳崇拜、牛崇拜、树图腾、敬土地等，都与水稻有着密切的联系。如稻田养鱼，早在司马迁20岁走楚越时就记载有"楚越之地，饭稻鱼羹"；蛇是灵性动物，除了吃害虫，还是报耕动物，俗话有"三月三，蛇出山"，过了三月三，就要开始育秧插秧了；牛、太阳、树等更是与稻作紧密相关。据本人30年的采风体验，侗族在信仰上，没有专一或特定的偶像。或者可以这么说，侗族的信仰是物有灵。

作为水稻民族，为了祈求风调雨顺、五谷丰收，人畜平安，侗家人从祖先开始就把这种精神寄托在图腾崇拜和祭祀的习俗上，所以，侗族本土原始宗教一直在民间传承。

侗乡傩文化

中国民间文艺家协会2004年1月12日电话交予任务，让我赶写一本《戴着面具起舞——中国傩文化》的书稿。这是文化部"口头与非物质文化遗产抢救工程课题"之一，要求在2月底以前交稿。中国文联党组成员、书记处书记、时任民协分党组书记的白庚胜老师对我的要求是"闻鸡起舞"。这让我大有"天将降大任于是人"之感，于是开始"劳其筋骨"。我在13日承接下这个任务，16日顶着寒风去了长沙，来去花了3天时间找了一些资料回家，从腊月二十八（1月19日）开始着手工作，2月14日完成初稿，2月20日完成二稿。累得我一看到电脑键盘，手指就发软。这本书（丛书之一）出版后，于2006年获得新闻出版总署颁发的"中华图书奖"，中国民协颁发的"中国民间文艺学术专著二等奖"。那么什么叫傩？我为什么能在如此短的时间里完成如此重的工作量？这得益于我30年的资料积累和田野考察。

同畴异质的巫傩文化

傩，是远古时期人们无法解释自然科学而产生的精神寄托。通俗的解释是人们从远古时代就传承下来的，驱魔逐疫、求愿酬神的一种娱神娱人的祭祀活动。

在中国民俗学界，许多学者将中国傩与中国巫混在一起进行解释，统称为"巫傩文化"。但根据我多年的田野考察与研究经验，我认为中国的巫傩虽然同属一个文化范畴，但性质不同。严格地说，中国巫属意识行为民俗类，而中国傩则属意识形态民俗类。它们的载体一致，都是通过人们迷信鬼神及灵魂转世的传统观念意识进行民俗活动。但它们的目的不同，巫文化的目的是假借鬼神的力量，具体行为在人的身体上或家庭结构上。如跳大仙，北方称"萨满"，通过法师"附体鬼神"，传达鬼神的意志，为病人驱疫治病、卜卦生死、择阴阳宅地等。这里面除了真正利用民间药方为人治病和风水学说中有一定的原始科学总结的自然常识以外，没有多少科学成分，害人害

门上贴的鬼小人，可以守门辟邪

民 俗 知 识 百 科

傩技

傩技是中国傩文化的一种载体，流传在湘、黔、鄂及沿海一带。傩技是古巫师们为了树立地位、权威，显示不同凡人的超能力而学习的一种民间特技，以达到为傩祭驱邪逐疫、为人解厄除难和给傩祭披上神秘外衣，让人感到巫傩神秘莫测的目的。旧时的傩技不单独出演，它是配合傩祭仪式进行的娱神娱人、吸引观众的特别节目。

神态各异的傩面具

已，更多的是糟粕；而傩文化虽然载体与巫文化大体一致，但目的只是为了"还愿"和"酬神"。

娱神娱人的傩文化

不论中国南方还是中国北方，傩的形式与目的都是"娱神娱人"，"神人同悦"，达到"驱魔逐疫、求愿酬神"之目的。既是悦，就得有动作，于是在古老的祭祀仪式上就出现了傩祭、傩技、傩舞和傩戏，再演变下去就有了在各地不同的地方戏剧。中国的古傩也从原始的思想意识形态走向民间艺术。

应该说，如今的中国巫傩文化中，还是巫中有傩，傩中有巫。巫术在进行过程中，离不开祭祀的由头与形式，同时为了信服于众，绝大多数巫师都学过几手"绝活"。如傩技、医术之类的民间技术，所以得以深入民心，流传下去。而傩文化也正是运用巫文化信仰的鬼神"附身"或鬼神"意识"，来完成祭祖及神与人的愿望和奉献。一般来说，中国民间的还傩愿，往往与巫事结合进行。巫事在前，还傩愿在后。不过傩文化除了巫事还愿，还有广泛的内容，这就包括祭祖还愿、丧孝还愿、农耕自然灾害请傩愿与丰收还傩愿、寄托吉祥还傩愿和红白吉事请还傩愿等。

行歌坐夜晚 围耶思无邪

行歌坐夜

行歌坐夜，是侗族地区一种普遍的青年男女谈情说爱，听古、娱乐的活动。在侗族地区男婚女嫁不一定自由，而谈情说爱是自由的。每当夜幕降临，同村相好的男青年，便三五成群地手提火把油灯或手电筒，带着琵琶、琴或笛子，到异姓鼓楼或外寨，寻找女伴谈情说爱，同姓的女青年也三五成群地在厅堂里、火塘边或禾廊、屋里，一面做女红如纺纱、纳鞋底或织布、织花带等等，一面和异性男青年们交谈、对歌。

一般来说，初次相识，只谈一般生活上的问题，从谈吐中初步了解对方的人品、思想后，便进一步了解对方的家庭情况、是否已有对象或配偶。如果认为可以深交，便互送信物，作为"把凭"，私订终身，但大多数还得征询双方家长同意。此外，青年人利用行歌坐夜的时机，谈志向，谈趣味，商讨一些公益事项的内容也较为常见。侗族北部方言区行歌坐夜少，多是利用农闲时去赶坳或玩山时表达上述思想和内容。

一些侗族地区还会为给年轻的姑娘小伙辟一块谈情说爱、行歌坐夜的地方，往往在远离寨子的田地小坡上，置一块"公地"，这也是侗族婚恋的独特形式之一"种公地"。几个寨子的少男少女通过"行歌坐夜"，商讨两寨种公地的事后，农历三月初三是讨论盟约的日子，两寨青年各派代表商讨盟约。

围耶聚会

如果说行歌坐夜是侗族最为普遍的男女恋曲，那么围耶则是更大规模的节庆式男女聚会，即集体做客，侗语叫"围耶"。

侗族地区历来就是以种水稻为生，而耕种水稻讲究季节性，尤其是插秧和秋收割稻最是需要互相帮助。因此，漫长的生产实践过程中约定俗成了侗家人喜热闹、好团结、助人为乐的民族秉性。也由于侗族好走亲戚、本村同姓的人又不能结亲成婚，为了大家在农闲时有时间会友叙旧、结交新朋友，让年轻人有更多的社交机会去谈情说爱找对象，不知从什么时候起，侗族有了集体做客的习俗。即一个乡或几个村的人约好到另一个乡或另一个村去集体做客。少则三五天，多则十天半个月，时间多在春耕之前。

华练寨亲历围耶

很有幸，2005年5月3日我们在广西三江行走侗乡时，赶上民间两年一次的盛大围耶。华练寨是广西三江独峒乡的一个纯侗族村寨，是一个民俗风情很浓郁的侗族大寨。我们赶到时，该寨正在与同乐乡的孟寨400多名乡亲一起"围耶"。远远就能听到悠扬的芦笙曲。风雨桥上来来往往着穿着侗族服饰的男男女女，几位穿着

地　名 ● 黎平、三江、通道、榕江
关键词 ● 行歌坐夜、围耶、种公地

种公地，男女对歌交流感情

围耶场景

洁白衬衣的俊俏小伙子，正坐在风雨桥的扶栏上，朝着村寨东张西望，眼睛里流露出无限渴望。没有向导，但凭多年在侗乡采风的经验，我知道有戏了。于是我们走过去与小伙子们聊了起来，所得的结果证明了我的判断。他们是孟寨的客人，玩了两个通宵的行歌坐夜，心里有了好印象的姑娘，三天"围耶"时间太少，今天他们必须再见华练的姑娘一面，要找机会把自己的姓氏名字告诉对方，还要察言观色看对方的表情，对自己是否有意。如果有意，下次公益活动就会再来，自然下次的"围耶"内容也就不同了。此时此刻，孟寨的小伙子正忐忑不安、六神无主地东张西望。从他们的眼神中，看出此时此刻我们是多余的人。他们嘴上不说，但眼睛里希望我们立即消失，因为害羞的姑娘见桥上有陌生人，是不会上桥的。于是我们知趣地赶紧离开花桥，往寨子里走去。还没走到村口，就见三五结伴的华练姑娘，手牵手装着有事无事地往桥上走去。见我们尾追，她们就假装过桥，正眼都没瞅一瞅孟寨的小伙，径直过了桥。我们退了一段距离，用焦距锁定小伙子们。果然，没几分钟，那几个姑娘回头过来，与等在桥头的小伙子攀谈起来，接上了头。于是我们也心满意足地进了寨。

不同地方的"围耶"，定的时间不同。独峒的"围耶"两年一次，2006年过了，2008年马上又会再组织。一般在春耕插秧前，也就是五一假期前后。春节期间也有"围耶"。"围耶"是一个全民守约的节日。结过婚的男人和未生育的妇女（回娘家）都可以跟着队伍到别的村"围耶"，如果有老情人，相会对歌也是无可非议的。围耶期间，老人叙旧，妇女走亲戚，青年人相对象，侗娃们则在鼓楼里学吹芦笙。人人都可以通过传统的形式自娱自乐一番。

民俗知识百科

种公地

这是古时侗族地区农耕劳作中青年人的一种集劳动、娱乐、道德、社交为一体的集体活动。在侗族地区，男女青年们的社交方式多种多样。通过共同耕种山地来谈情说爱，是其中的一种。在侗族地区，有史以来，各村寨都有一定的"公地"、"公鱼塘"。

美食侗乡

民以食为天，侗族也不例外。侗族由于地处"南楚极地"、"北越咽喉"，南来北往的商贾吏民把两地的稻作文化传播到了这里，同时也把楚地的食香味辣、越地的精食味鲜都带到通道这条古驿道，加上侗族特有的稻作文化中的腌酸文化，久而久之，形成了侗乡特有的饮食文化。

古老的指食

指食，即不用筷子，用手指头吃食。远古时，侗家人只会生产糯米，而糯米黏性很强。用筷子吃会粘筷子而用手沾水后吃，却不会粘手，加上原始社会漫长，与外界文化交流晚，所以指食是很正常的饮食习惯。清代以前，县内侗苗族地区多数盛行指食，及至民国后期，一些村寨仍保持着传统的指食方式。侗族地区虽然早在解放前就在移风易俗中要求改用筷子，但至今在南部侗族的一些村寨中仍保留有指食的习惯。如黎平县的黄岗村，全村人至今一日三餐只吃糯谷，且指食。不知是见我们去了，夹菜时用了筷子，还是平时吃菜时就用筷子，总之，吃饭是没有一个人用筷子的。

其他侗寨，丧俗中的丧期，孝子不能用碗筷，要以竹器盛饭菜，全忌荤，不能喝汤，用手抓饭吃，以表示不忘祖宗，不忘历史。

喜吃糯食的民族

侗族人对糯谷的偏爱，为其他民族所少有。上到七老八十的老人，下到一二岁的孩童，远至他乡游子，没有不喜欢吃糯米及糯米制品的。每次进侗乡采风考察时，侗家人都会摆出合拢宴请我们吃，必不可少的就有糯米饭。走亲戚贺喜礼送的都是糯米饭。这次我们在通道拍摄照片时，正遇上黄土乡的一户侗家在娶亲，公路上三三两两，一队队、一

黎平双江侗家指食

收割糯禾

地　名 ◎ 黎平、通道、新晃
关键词 ◎ 指食、合拢宴、腌鱼肉、油茶

群群乡亲担的贺礼都是一团团糯米饭，上面贴着红纸。有的还在糯米饭边放两条腌鱼。我们走进新郎家，老乡们端出的油茶也是糯米油发的。

糯禾种类较多，有红须糯、黑须糯、白须糯、长须糯、秃壳糯、香禾糯等。这些品种又以香禾糯为上品，素有"一家蒸饭全寨香"的盛誉。尽管糯稻产量比籼稻低，可人们还是要种糯禾，留些糯米在农忙时节和过年过节作为主食。侗族人喜欢糯食，还有个客观原因，那就是糯米比籼米耐饥，且上山出门做阳春时携带方便，冷热都好吃，还可以不带碗和筷子。而籼米饭则容易馊。此外糯米饭黏性大，热量高，营养足，并且用糯米可做出许多好吃的食物来，所以糯米千百年来受历代侗族人的欢迎。

粑粑背后的稻文化

侗族是最早种植水稻的民族之一，水稻民族最早从水稻耕作上引申出的稻作文化就是大米加工的粑文化，所以粑食在通道最为丰富。

粑粑形成为一个古文明的习俗文化，不仅是通道侗族，也是其他侗族的又一个稻作文化在饮食文化上的表现。粑粑有好几个种类：一是年粑，通称糍粑，是糯米粑。年前把糯米蒸熟后倒入木槽，用棒春捣，捣成烂米团后用手捏成一个个圆形的粑，没有加色；二是豆子粑，用饭豆和芝麻作馅的粑，非常好吃；三是节日糍粑，就是用碓将米春

成米粉，拌水而成；四是清明粑，就是把糍粑加入甜藤汁和黄蒿菜而制成的粑。所有的粑因季节不同，包粑的叶子也不同。如清明粑是用大卡木包裹；五月包粽子是用箬竹叶包裹成三角形或长方形；六月节日的粑用老桐树叶包裹等。新晃侗乡的米粑有600多种。通道的粑文化很丰富，

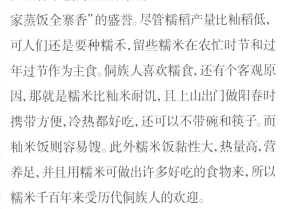

新晃粑文化

也很艺术，颇有讲究。春粑时想要配点色彩，就会在米粑里加梳木煮的水，自然就成了红色，且有香味。用稻谷做成的粑而可以称之为文化，足见其意韵之雅。

盖箩粑是我在乡下看到的最大的粑了。所谓盖箩粑就是做的粑粑可把箩筐口全盖住。我从小时起就常见乡下的人春制盖箩粑。这种粑的直径比箩筐口大。"盖箩粑"多在姑娘出嫁时作为陪嫁，也有的地方是女婿上岳父家才送"盖箩粑"。据说，旧时春盖箩粑是主家为了炫耀自家的富有和田土的丰裕。

还有一种粑叫"还娘粑"。通道的侗族姑娘出嫁后三天回娘家时，婆家打发的礼品中必不可少的就是粑粑了。回娘家的头天晚上，寨上的姑娘和年轻妇女要来帮忙，连夜赶做"还娘粑"，"还娘粑"很明显有古越之风。

侗族的粑粑，每一种都有一个动人的传说，都有它不同的作用和涵义。用米制成粑，本身也是一种文化的表现，粑的多样化又使饮食文化变得丰富多彩，饮食文化与稻作文化在其中也显示出特别的含义来。

合拢宴

合拢宴是外人给侗乡合拢饭取的名,侗人称为合拢饭。

第一次吃合拢饭是18年前我们到湖南通道和广西龙胜、桂林去采风时,在通道吃的。当时我们意料之外地受到侗乡人的盛情接待,感动得不知所以然。

侗家人非常好客。"有朋自远方来,不亦乐乎"用在通道侗家人的身上是最贴切不过的了。人情、亲情、爱情都深深地印在每个人的记忆中,一辈子都忘不了。以后在采访中得知,合拢饭在三省坡侗族地区(包括贵州和广西的侗族)十分流行。吃合拢饭实际表达了侗民族的善良、友好、热情、团结的秉性,又展示了丰富的水稻文化。

花样繁多的侗乡鱼羹

侗乡人吃鱼可是吃出文化来的。我们每次到侗乡采访,桌上都少不了鱼肴。侗族人水塘养鱼、稻田养鱼,溪河养鱼,应该说,有水的地方就有鱼。南侗人还特爱吃鱼生,即把草鱼去鳞刺后切成生片稍晾干,再备好芝麻、黄豆粉,把碗里加醋(旧时用酸坛水),加进盐和鱼香草之类的佐料,把生鱼片沾上佐料生吃。侗族人过侗年还一定要吃鱼冻。此外侗人还有一种稀奇的吃鱼方法,那就是把鱼煮成粥吃。

侗乡人爱吃的鱼羹,当地客家话叫"鱼粥",侗语称"更坝"。一般在冬天放塘捕捞草鱼之后,把草鱼的内脏取出煎炒,然后放清水煮沸,再将糯米粉掺入,熬煮成粥,加盐便可吃了。

在侗乡,老乡说起吃鱼羹筵席,总是津津乐道。每到入冬放塘时,各家各户都会邀请舅家姑家和亲戚邻居前来聚餐,吃鱼羹席。如果是鱼羹筵席,则多以鲜炒鲤鲫鱼为肴,有爱吃鱼生的,就另用草鱼制作,席上用青菜叶包裹的蒸鱼片味道最香。

独特的酸腌文化

侗族有句俗语叫"三天不呷酸,走路打闹蹿"。侗不离酸也由此而来,这是侗族地区饮食的特色之一。

无鱼不成宴

侗族饮食文化南北习俗的共性是，南北侗族都是"侗不离酸"，只是酸的程度和方式、内容不同。南侗喜欢生吃腌鱼腌肉。每年家家户户把杀的猪和捕的鱼配上佐料用坛子腌制起来，一层腌肉腌鱼，一层糯米，连同鱼内脏也腌制。过了两年以后，便可开坛生吃，也可烧熟来吃。而北侗的饮食习惯则是不吃生肉食。生吃的是酸萝卜、腌青菜及剁辣椒。

但是侗族南北地区尽管酸食内容不同，却都为了一个功能，即对糯米的助消化作用。

侗族在饮食文化上还有一个特色鲜明的佳肴就是腌菜。如腌酸鱼、腌肉、腌汤水等。凡猪、牛、鸭、鹅和各种野兽肉（有腥味的不腌）、各种鱼类、虾类、蔬菜、蕨菜、南竹笋等，都可腌制。腌草鱼甚至可腌上几十年，如通道、黎平、从江、榕江、靖州等地，有的人家在孩子出生时就腌上草鱼，等孩子结婚时打开拿出做喜酒宴。通道侗族的腌菜，尤其是肉类、鱼类，则多用桶腌，将腌物放入桶内摆平，压下内盖，在盖上放重石，这种紧压下的腌食品，虽然从酸水桶里取出（有的埋于地下），但其实质不酸，味美清鲜。携带到野外劳动时，饭内放炒酸菜，一天内不会馊。其实，从民俗学的角度分析，侗族的"酸腌"文化，实际源于远古的原始社会，原始祖先在渔猎时期不可能天天捕到猎物，所以在渔猎丰收时，便想办法把多余的猎物及采集物储存起来。于是产生了"酸"文化。当祖先们学会了种植，生产技术上了一个台阶，有了糯谷时，人体新陈代谢与平衡的需要及胃液的需要，使饮食文化丰富起来，腌制品从此随着稻作文化传承下来，千百年口味不衰。

小广的腌鱼腌肉

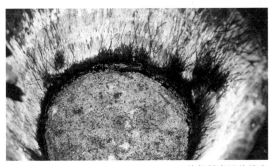

地扪糯米压的腌鱼

"骂抗"、"虾酱"和"吃头"

侗族地区的饮食文化说多奇有多奇，我们在通道吃饭时，上了一道本地特色菜叫"骂抗"。

"骂抗"是用青菜薹作原料，每年的阳春二月青菜薹苗壮成长时，摘取下来，把它洗干净，放进鼎锅加水和加少许糯米，闷煮即成。老乡说"骂抗"做好后可放三五天，是最好的凉食蔬菜。青菜薹原本味苦，但是经过闷煮后竟变得甘凉可口，吃起来还真有丝丝清香的味道呢。

在侗乡采风时，还常常吃到其他地方想都没想到的菜肴，如"虾酱"、"蝌蚪"等。

虾酱是汉语对这道菜的称呼，通道侗族称其为"三弱"，就是把刚从溪河里捞出来的鲜虾拌着甜酒，再配上姜辣桂皮之类的佐料，然后放入小坛

侗乡的油茶

瓮,加上盖,让其不透风,十余天便可开坛即吃。

在老乡家,侗嫂悄悄地告诉我,"三弱"如果不放辣子和盐,还可以作催奶的药呢。我朗朗笑了起来,可惜知道得晚了,如果当年生儿子时知道有这道偏方,我儿子就不用没出月子就喝牛奶了。

在侗乡采访,我们感受到许多与其他侗族地区不同但非常有趣的饮食文化。比如说"吃头"。侗族崇尚"吃头",不论是猪、羊、鸡、鸭、鹅、鱼、家禽还是野味,都以头为贵。吃鱼也是以头为贵。侗族有句谚语:"鲶鱼不值钱,煮汤盖世甜","鲶鱼脑壳香油炸,芬芳四溢诱千家"。这鲶鱼头也确实好吃极了,每年一到冬季,我就念起侗族的鲶鱼头。不过在侗族人家做客吃饭菜时,要注意的是不能把盘中碗里的菜全吃光的,要留一点菜在菜碗中,表示

主人家客气,菜都吃不完,还有年年有余之意在里面。

打油茶

油茶是侗族饮食文化中的一个特有的文化现象。南侗的油茶称"歇",原料有糯饭、泡茶(即用水浸泡过的糯米蒸熟晒干搓开的熟米粒子)、生姜、葱蒜、黄豆、玉米等。打油茶的茶叶是侗家姑娘们在秋天(也有在春天)采摘茶叶后,在开水中烫一下,柔成一个个小团,放在篮内,挂在火塘上的支架上,或火铺坑上,经发酵晒干而成。打油茶的做法是先将泡茶炸发,再用油将米炒焦加上少许老茶叶略炒片刻,冲入少许开水加盖,见茶水呈黄黑色,

即可再掺入若干清水，放入姜片，煮开后即是茶水。然后，主人家按我们人头一人一碗放好，放料，以泡茶为主，放几片糍粑，没有糍粑时就放一团糯米饭、少许黄豆、爆米花加半杯茶水即是油茶。没有油腻的食物，闻起来清清香香，吃起来清爽开胃。

侗族人爱吃油茶，而且多与妇女有关，如生孩子后的三朝茶、周岁茶，姑娘出嫁的离伴茶、离巷茶，娘家为行将生育的姑娘送纺织用具时的送货茶，婆家娶新娘时为贺喜而来的亲戚朋友请喝的喜茶，还有祭萨时的敬萨茶、过年过节祭祖时的敬祖茶等。通道播阳镇一带还有吃谷雨茶的习俗。有传说，家有老人的，老人咽气时喝一口清明茶，到了二世就会清清楚楚为人，明明白白办事。

侗族的米酒文化

中国的酒文化千百年来为世代文人墨客所吟颂。古今中外，酒文化一直是热门话题。不同地方不同民族的酒能展示出不同地域不同民族的秉性。酒成了一种象征，一种特有的文化现象。

侗族地区的酒，总体来说，不论是烧酒、米酒，还是苦酒，入口的第一个感觉是清香、甘甜。侗族的酒大多是用糯米所做，因而酒的度性与糯米的黏性一样，清香、甘甜、平和。

侗族南部方言区上好的酒是通道的"苦酒"。通道的苦酒很出名，实际上是甜酒再

米酒文化

加工做成的。做甜酒时，先把糯米蒸熟，配上做甜酒的佐料，然后就得让它发酵变成甜酒，发酵需要温度，尤其是在冬天，所以火塘是酿制甜酒的理想"温室"。冬天三日即可酿成甜酒，再取甜酒汁掺一定数量的凉开水密封十天半个月，就酿成了乳白色的苦酒。其味甜

米粑节

中带丝苦意，十分爽口，如果是重阳节酿制的苦酒，待到春节开缸食用，苦酒就变成酒色清黄，入口醇香，成了"一家为饮全寨香"的苦酒了。传说通道的苦酒曾向皇帝进过贡。民间传说不论真假，有一点可以说明的是，通道的苦酒确是与众不同。在湘、黔、桂三省区有"到通道不喝苦酒等于没到通道"之说。

苦酒实为甜酒，是用糯米做成甜酒汁再进行的精加工。在甜味中又带了一丝苦味，故名"苦酒"。其制作比较困难，保存又不容易，所以，不是尊贵的客人，一般都舍不得拿出来招待。

民艺侗乡

侗族悠久的历史和文化体现在它多样的建筑形式和丰富的歌舞艺术上。在侗族建筑史上，有三件珍品堪称侗族瑰宝，象征着侗族悠久的民族文化和稻作文化，它就是鼓楼、风雨桥、吊脚楼。鼓楼是侗族标志性的建筑。不论是在湖南的通道、贵州的黎平、从江、榕江还是广西龙胜、三江，只要看到村寨中耸立的鼓楼，就知道到了侗寨。

侗族人民视歌为宝，认为歌就是知识，就是文化，谁掌握的歌多，谁就是有知识的人。侗族大歌作为侗歌中最精华的组成部分，它的演唱内容、表现形式，无不与侗人的习俗、性格、心理以及生活环境息息相关，是对侗族历史的真实记录。

独特的建筑文化

行走侗乡，尤其是行走于中国侗族的南部地区，就能看到风雨桥、鼓楼和干栏式建筑民居交融在一起，形成一个美丽、壮观、气势磅礴的完整侗寨。侗族村寨的这种标志性的建筑体系，在中国乃至世界，都是独一无二的。侗族建筑的世界之最还表现在建筑结构上。不论桥有多长、楼有多高、房有多宽，都是清一色的木质，而且不用一钉一卯，全部是采用木榫建筑而成，久经数百年。

增冲鼓楼

侗族建筑标志——鼓楼

在侗族建筑史上，有三件珍品堪称侗族瑰宝，象征着侗族悠久的民族文化和稻作文化，它们就是鼓楼、风雨桥、吊脚楼。

鼓楼是侗族标志性的建筑。不论是在湖南的通道，贵州的黎平、从江、榕江还是广西龙胜、三江，只要看到村寨中耸立的鼓楼，就知道到了侗寨。

鼓楼，在侗族大部分地区皆称为"楼"，与汉族称呼无异，贵州榕江县车寨称鼓楼为"百"，即堆垒之意。侗族的鼓楼很多，仅贵州从江、广西三江两县就有220余座，广西龙胜平等乡平等村就有19座，而黎平肇兴一个寨子就有5座，黄岗也有4座。鼓楼分多柱和独柱两类，鼓楼均为木质结构，大多用四根大杉木为主柱，直达顶层，（也有个别以独木成柱）。另立副柱加横枋竖（十二根衬柱），据传说四根主柱代表四季风调雨顺，十二根衬柱代表12个月（农耕文化），即一年四季家和物兴，风调雨顺，四季发旺之意。整座鼓楼全以木榫、木栓穿合，不用铁钉，结实牢固，扣合无隙。

鼓楼的形状不一，有的呈四面流水，有的呈六面或八面流水。楼的层次均为奇数，有3层、5层以至17层不等，最高的有27层。

专家眼中的侗寨鼓楼

鼓楼的顶棚覆盖青瓦，有的檐角附以龙凤、花鸟泥塑，楼顶多呈伞形，顶尖竖有桅杆或垒叠陶瓷。其形状多为"鹤（鸟）"、"金瓜"、"葫芦"。

地　名 ● 南侗
关键词 ● 鼓楼、风雨桥、吊脚楼

顶盖下层，有的围以木格或累积角形木花，千孔万眼；有的还在瓴檐、横枋、四壁或门上绘龙、画凤、雕麒麟、绘鸟兽、画花卉、雕山水人物等。既有宝塔之英姿，又有楼阁之优美。

南侗鼓楼建筑的独特性，早在20多年前就引起了国内外有关专家学者的关注。1985年6月，首都北京民族文化宫举办《贵州侗族建筑及风情展览》，6月21日夜，由我国外交部顾问韩念龙陪同美、英、法、苏、瑞士、加纳、缅甸、波兰、朝鲜、南斯拉夫、加拿大等30多个国家的驻华使节以及联合国系统协调处、联合国开发计划总署、国际劳工组织的官员共100余人前往参观看了侗寨鼓楼和花桥模型、图片等，专家看后均惊叹不已。联合国的一位官员称赞说："中国侗族别具一格的建筑艺术，不但是中国建筑艺术的瑰宝，而且是世界建筑艺术的瑰宝。"美国和加拿大

的朋友们翘起拇指说："中国侗寨太美了，真像神话世界"。

鼓楼文化

鼓楼之所以能称之为鼓楼文化。不仅是因为它的本身建筑工艺已成为一个民族的文化特点和标志，而且还在于鼓楼是一方集政治、军事、文化、议事、组织、娱乐为一体的公共场所。其涵义远远超出鼓楼本身的工艺。南侗的鼓楼造型与图腾崇拜是本地的民族特色：如鼓楼不论层数多少，都是奇数，这与汉族讲究好事成双的民族心理完全不同；侗族的鼓楼，虽然有许多地方在枋梁和包板上画有八仙过海、花草鸟虫之类，但鼓楼顶上必有一个仙鹤或葫芦。仙鹤象征着鸟崇拜，传说侗族人的谷子是鸟传播的，侗族

三江鼓楼，共27层，迄今为止最高的鼓楼

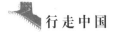

的始祖是兄妹成亲繁衍的。

鼓楼的框架和结构也创造了世界之最。与建桥一样不用一钉一卯。侗族建筑再高再长，都是木榫木栓穿合而成的。

稻作文化遗风——风雨桥

侗族地区的风雨桥，也以它独特的建筑结构，独特的艺术风格，成为中国建筑史上的精粹。与其他民族不同的是，侗族的桥是"穿衣桥"，即集桥、廊、亭三者为一体，独具风格，显示着侗民族稻作文化的遗风。

侗族的这种桥，因能避风雨，故称风雨桥；又因它是用油漆彩绘，雕梁画栋，廊亭结合，故又称

之为"花桥"。有些风雨桥建在寨子前面的河流下游，意思是龙从上游游到桥头，回头护寨，守寨，因而又叫"回龙桥"，在建筑学上多称为廊桥或风雨桥。

风雨桥旧时在侗族地区非常普遍，解放后至今，广西三江、湖南通道、贵州从江黎平仍保存有很多，这些地区共有风雨桥330余座。

建一座风雨桥，通常要花三四年时间，规模较大的需要五六年乃至十多年。如三江的程阳桥，就花了12年才修好。

风雨桥的桥文化

把风雨桥称之为桥文化，是因为桥的意义和

侗乡唯一一座清代木制拱桥

靖州寨牙花桥

黎平双江四寨花桥

拜,亭楼是半封闭式的,给人以家的感觉。雕梁画柱,体现侗族人爱美的心理素质及对所崇拜对象的顶礼膜拜。旧时的风雨桥上,常常插满了香余残棍。侗族把花桥当作彩龙的化身,吉祥的象征。每逢天旱水灾,家有不祥,寨有不幸,人们便提篮供品,携香带纸地到桥上、亭楼里的神龛前祭祀。

功能远远超过了它的建筑价值,侗族是水稻耕作民族,民族文化中处处显示的都是稻作文化现象。如花桥上高耸的亭楼,呈伞形,意为太阳崇

在通道的回龙桥亭楼神龛上,供的就是姜郎姜妹的木质头像。这种源于远古时代的稻作文化遗风在侗乡的风雨桥上随处可见。

○二一 建筑

通道黄都花桥

楚风越俗共生辉的民居艺术

侗族地区由于自古就在古楚国和古越国的分界地上，以湖南通道为界，往广西方向走为古越国之地，往怀化方向走是古楚国之地，因此，形成了楚风越俗共生辉的民居艺术。

由于历史和民族习性的缘故，侗族习惯于群居，基本上找不到单家独户、坐落在深山野谷的侗寨，至少也是三五户群居一处。因此便出现了一个很有特点的人文现象，即北侗的古楚吞口式古寨群和南侗古越干栏式古寨群。

侗族的居房一般分为两种类型：一是遗留着巢居历史痕迹的下柱悬空上楼居屋，依坡而竖半悬半实的吊脚楼；二是山谷平地拔地而起的厅堂式木楼。平房与四层以上的吊脚楼极为少见。

北侗古楚民居

北部侗族多居溪河边，背靠山，面临水，村边都是参天古木。多数自然村寨由几个家族或几个姓氏组成，独家的现象非常少。小寨一般十几户到几十户；大寨三五百户左右。

北侗处于古楚国之地，因此历史流传下来的民居建筑自然沿袭了古楚式建筑风格。古代的楚国巫傩之风十分盛行，湖南高庙出土的7800年前的巫傩图案足以证明。所以在民居建筑也带有浓浓的楚国

树林掩映的古侗寨

地　名 ● 湘黔桂交界地
关键词 ● 吞口式建筑、干栏式建筑、火塘文化

民俗,吞口式建筑就是最具楚文化特征的。

门神吞口

何谓吞口? 吞口是古傩面具中的一种门神,就是人们常常在画中看到的眼珠突出、凶神般张咧着嘴,嘴上还插有一把匕首式的半长短剑的人物形象。吞口式建筑风格指的是门的建筑风格。古时就有"人之气于口,宅之气于门"之说。一家人能否平安,能否逢凶化吉在建筑上很有讲究,这种讲究主要体现在门上。旧时,楚国百姓人家,不论是吊脚楼还是平房,在住宅的正面,修的都是大门凹进,且两边各有一圆窗的格式。从远处看,凹进去的部分是吞口,两厢房的圆窗是吞口神的眼睛,给人一个大吞口形象;而站在门前看,堂屋正门是

吞口,凹进去部分的两窗是眼睛,给人小吞口感觉。几乎家家住宅都是这个模式,意为驱邪吞恶、赶瘟疫、保平安。近30年,古楚之地的民宅圆窗多改为方窗,为节约土地面积,凹的部分也改为平壁,但是许多地方还是将钟馗或关公等被人们尊为守门武神的年画贴在门上,意义一样。

这种古楚式建筑在都市和汉族地区几乎消失,但在北侗地区仍有许多地方保存至今,如湖南的会同、新晃、芷江、洪江;贵州的玉屏、万山、镇远、天柱等地。北侗民居形成古楚国民居建筑的历史博物馆。

古越干栏文化

楼上住人,楼下养禽畜或堆杂物的民居建筑

黎平干栏文化古寨群

被日本人认之为"干栏文化"。这种干栏式的建筑之所以称为干栏文化，是因为吊脚楼以它的独特建筑结构形成了一个民族的标志，如双江镇的竿头寨、陇城镇的中步寨，都可谓是天下奇观。不论屋体多宽多大，吊脚悬空依山而立，山坡有多高，吊脚就有多长。独木吊脚，吊脚的基地不在土里，就在地表面，而且是用几块石头码起来的。在其建造过程中的祭祀仪式和建筑特征上，都表现出浓郁的古越式建筑风格。这种即使在平地，也要修成吊脚楼的形式，楼下喂猪、养牲畜，楼上住人的建筑在古越国的江浙一带比比皆是。

古越式建筑，最大的特色便是全开放式。过去只要踏上一家走廊，即可走遍全寨各家各户。由于纯朴善良的民风，往往夜不闭户，日不锁门。由湖南通道往北走的乡镇多是古楚式，即双重檐式。坐南朝北的正面，左右厢房与大门不在一平行面上，大门进深1米左右，呈八字形。大门两边还各有一扇窗户。民俗学者称大门为"吞口"，窗称之为"眼"。古楚国疆域曾一度扩展到江浙，楚巫傩文化也随之传播到古吴越之地，因此这一带的人也特别推崇巫傩文化，信鬼神。所以建房时，窗户如眼，观是非，大门如嘴，吞妖魔。

楚越融合的南侗建筑艺术

看过通道的吊脚楼，给我们最强烈的感受是这里的建筑与贵州、广西的侗族吊脚楼、鼓楼风格各异。贵州侗族的民居多是依地而建，山里的吊脚楼也是用石头填空，小柱小屋多在陆地，多只有晒台吊脚。房屋建筑与楚式建筑大多同款；广西侗族建筑多有古越式风格。而通道侗族整体建筑如古越式风格，讲究豪宅、方整、大气，而屋内建筑和走廊建筑却是地道的古楚风格，回廊、窗眼、厅堂等。这种融合了古楚古越建筑风格于一体形成的南侗建筑艺术，也许就是通道它独特的地理位置所形成的奇观。

南侗古越式建筑

北侗新晃的火塘

侗族民居的心脏——火塘

火塘是百越民族共同的文化现象，是侗族维系感情的场所。

火塘是侗寨人家家家户户都离不开的建造物，是生活中的一个重要设施。火塘形如水塘，多为正方形，也有长方形，是用来烧火取暖、做饭菜、煮猪食的地方。火塘四周用木板铺着，正中用青石板镶成半个或一个平方米的四方形"塘"。"塘"内是灰火和三角架，架上是鼎罐。整个湘、黔、桂边区都称其为"火塘"。各个地方的火塘不同。平房的火塘多建在厨房的另一头，就地挖个井字坑，用青石板作壁；有吊脚楼的房子，火塘单独建在进堂屋的左边或后面的厢房内。也有每个房间都安一个火塘的。讲究的人家，把火塘修得如同一张大床，高出地面两尺多，占了大半间房。我们在通道高步村新晃天井寨看到的火塘，方方整整，都非常讲究。

火塘是侗族人民生活、饮食、聚亲会友、交流信息、传承历史、沟通感情的场所。如广西民族学院过伟教授所形容的："火塘是侗族民居的心脏。"

火塘具有实用价值。火塘是侗人日常生活中必不可少的场所，类似于我们的厨房等生活场所。不仅可以用来烧饭做菜，还能用来烧火取暖。例如侗族喜欢喝油茶，都有打油茶的习惯。每天清早，各家各户的妇女们便在火塘边打油茶，待全家老少用火塘边鼎罐里的热水洗完脸后，便团团围坐在火塘边喝油茶。喝完油茶，一天的生活便开始了。

过去文化生活单一，尤其是农村的夜生活非常单调，茶余饭后，亲朋好友无处去玩，火塘变成了老人摆古谈天，年轻人热闹的地方；冬天屋外天寒地冻，旧时的侗族没有夜生活，山里的天黑得早，许多无聊的时光就是在火塘边变得丰富起来。

在侗乡，对火塘的感情是无法用言语来形容的。火塘除了具有浓郁的民族特色，是侗家人全家取暖、为炊的地方以外，火塘还是"祖宗"安坐之位。侗族在远古时期稻作文化中的图腾中，就有对火的崇拜。传承下来，便成为对火塘的崇拜。

地理民俗知识百科

寨门与鸟图腾

侗族的古寨，几乎寨寨都有一至四个寨门。寨有寨墙、寨门，寨墙虽然不如中原文化中那厚厚的城墙，但却更具远古"寨"的标志，因为古寨中多是用木栅和木板置成的寨墙和寨门。侗族原始古寨寨门上的木雕，异地同款，都为三只鸟形图案连成一个三角，寨门是由一个主体带檐门附加两个侧门，侧门的屋檐是莲花莲瓣檐楼。侗族是最早种植水稻的民族之一，传说就是"象耕鸟耘"。鸟文化自然也成为稻作文化的一种表现形式，所以在寨门看到"鸟"，尾梁两头翘角，形如鸟翅。

震惊中外的
侗族大歌

每次进侗乡，最想聆听是那永远也听不厌的大歌。不论是在黄岗的鼓楼里还是在小黄的火塘边，我住乡间民宅的目的就是听听这犹如天籁般的原生态大歌。"汉字有书传书本，侗家无字传歌声，祖辈传唱到父辈，父辈传唱到孙辈。"

这首侗家的歌谣道出了侗族历史传承的途径。侗族是一个没有文字只有本民族语言的民族。从古至今，他们叙事、传史、交流等都是通过口传心授。侗族文化艺术尽管也经受过历史的风风雨雨，却正因为古老的口传心授方式，把民族优秀的艺术保存下来。上世纪50年代，侗族大歌被中国著名音乐家郑律成偶然发现。随后唱进中南海，受到毛主席、周总理的好评。1986年贵州侗歌合唱团赴法国演出引起轰动，音乐界惊叹这是中国音乐史上的重大发现。此后侗族大歌在中央电视台春节晚会亮嗓后，更是让侗族大歌家喻户晓。

古老恢宏的大地之音

我们在黎平采风时，了解到侗族人民个个能歌善唱，侗乡被誉为歌的海洋。侗歌讲究押韵，曲调优美，歌词多采用比兴手法，意蕴深刻。侗歌种类繁多，按内容、咏唱场合可分礼俗歌、踩堂歌、酒歌、情歌等。侗族大歌在侗语中俗称"嘎老"，"嘎"就是歌，

黎平歌师吴文英

"老"具有宏大和古老之意。它是一种"众低独高"的音乐，必须由三人以上来进行演唱。多声部、无指挥、无伴奏是其主要特点。模拟鸟叫虫鸣、高山流水等大自然之音，是大歌编创的一大特色，是产生声音大歌的自然根源。它的主要内容是歌唱自然、劳动、爱情以及人间友谊，是人与自然、人与人之间的一种和谐。

闪光的民间合唱艺术

侗族大歌"众低独高"、复调式多声部合唱方式是中外民间音乐所罕见的。大歌的结构一般由"果(组)"、"枚(首)"、"僧(段)"、"角(句)"构成，大歌的演唱场合是比较讲究的，除平时训练外，大歌在重大节日、集体交往或接待远方尊贵的客人时才能在侗族村寨的标志性建筑鼓楼里演唱，所以侗族大歌又被称为"鼓楼大歌"。侗族大歌分为四大类：声音大歌(侗语称"嘎所")、柔声大歌(侗语称"嘎嘛")、伦理大歌(侗语称"嘎想")和叙事大歌(侗语称"嘎吉")，其中的声音大歌是最精华的部分，声音(大歌)的标题常以昆虫鸟兽或季节时令的名称命名，如《蝉歌》、《知了歌》、《三月歌》等。1986年10月，法国巴黎金秋艺术节执行主席约瑟芬·玛尔格维茨听了侗族大歌后激动地说："在亚洲的东方一个仅百余万人口的少数民族，能够创造和保存这样古老而纯正的、如此闪光的民间合唱艺术，这在世

地　名 ● 黎平黄岗、从江小黄、榕江晚寨
关键词 ● 侗族大歌

界上实为少见。"

黎平侗族大歌

侗族历史的真实记录

侗族人民视歌为宝，认为歌就是知识，就是文化，谁掌握的歌多，谁就是有知识的人。我们在榕江的晚寨，与歌师聊天，歌师是被社会所公认的最

祭萨时的侗族大歌

有知识、最懂道理的人，因而很受侗人的尊重。侗族大歌作为侗歌中最精华的组成部分，它的演唱内容、表现形式，无不与侗人的习俗、性格、心理以及生活环境息息相关，是对侗族历史的真实记录。

大歌美啊，那时而如森林中的百鸟争鸣，时而如山涧溪水清脆悦耳，时而如高山瀑布尽泄千里，时而婉转曲折催人泪下。2005年，我在侗族大歌的原生地之一、贵州黎平县黄岗村组织"中国原生态稻作文化国际学术研讨会"，考察黄岗"喊天节"，那千人大歌的壮丽场面，感动了在场的100多名专家学者。在黄岗的一夜，国内外专家学者大多通宵达旦地守在鼓楼听大歌，如痴如醉。

情在弦中的侗乡琵琶

侗族最优美的乐器是琵琶。侗族琵琶歌分布于整个侗族南部方言地区，用琵琶(侗语为"嘎贝巴")伴奏进行演唱的单旋律、单声部独唱或对唱歌曲，可分为抒情琵琶歌和叙事琵琶歌两大类。由于各地琵琶歌使用型号的不同、定弦的不同、土语的不同、演唱场所的不同和运用嗓音的不同，从而形成许多不同的风格。侗族琵琶歌早在50年前就走进中南海，为毛泽东主席和中央领导们表演过。侗族琵琶中以榕江晚寨琵琶、车江琵琶、黎平黄岗琵琶、肇兴琵琶和从江小黄琵琶闻名。通道皇都琵琶、靖州寨牙官团琵琶也非常动听。龙胜平等乡的广南村还是一个琵琶村呢，全村中年以上会弹琵琶的男女不下一半，那场景那气势让人激动不已。

真情真意的琵琶叙事歌

侗乡的传统琵琶歌是一人领唱，众人应合的多声调表演形式。侗族琵琶歌就是在这种气氛下唱出来的。那优美的旋律让人感动得止不住

榕江的姑娘们盛装演奏琵琶歌

地　名 ◎ 晚寨、肇兴、洪州、三江、靖州
关键词 ◎ 侗族琵琶、假桑传情

流泪。笔者这次在广西听到歌师弹奏的一曲由真人真事改编的琵琶叙事歌，看到围坐在鼓楼的男男女女都听得热泪满面。身边一位来参加围耶的外地中学教师用汉语边听边翻译给我们听。才知道说的是我认识的一位侗族学者好友初恋的悲剧故事。我那位好友调出三江前是一位好学上进的本地青年。他爱上了家乡的一位侗族姑娘。姑娘甜美的歌让他陶醉，姑娘真情的爱恋让他不忍离乡。然而他们的爱情并非一帆风顺，他们携手一起与传统的婚俗挑战，终于订了婚。然而就在两个优秀的侗家情人准备步入洞房之前，一场工地上发生的事故夺去了姑娘年轻的生命。姑娘送给情郎的绣花鞋垫和花带染着姑娘的鲜血送到

小伙子手中，小伙子痛不欲生。听到这里，笔者的眼泪像断了线的珠子，扑扑滚下。认识那位朋友十多年，这才知道他为什么总是郁郁寡欢，沉默无言。笔者也为朋友的这段可歌可泣的爱情所感动。从这个真实故事编成的琵琶歌来看，笔者也看到了侗族琵琶的生命力和魅力所在。这种活生生的发生在身边的故事就是琵琶叙事歌永远具有生命力的源头。

洪州琵琶歌

贵州黎平县洪州的高腔假嗓琵琶歌，是侗族的瑰宝。以前听过多次，都是在侗族地区文艺汇

榕江晚寨琵琶歌

盛装的侗家姑娘

演时舞台上的表演，印象不深。2005年我们到洪州考察，一进洪州就沉浸在琵琶歌舞的海洋中。这里的男女老少唱歌不用本嗓，而是吊着嗓门用假声戏腔唱民歌。

　　洪州平架琵琶歌因传唱于黎平洪州镇平架村而得名，该村位于黎平县城以东33公里，地处湘黔桂三省区交界之地。据黎平县志载，平架村建于明代永乐年间(约公元1405年)，据说那时此地已唱这种歌曲，一直沿袭至今。1952年，

贵州省文化部门音乐工作者发现了这种琵琶歌，将其选调参加贵州省少数民族文艺汇演，后推荐上京演出。因当时平架村属洪州管辖，故这种琵

黎平洪州男声假嗓唱琵琶歌

黎平歌师

琶歌被命名为"洪州琵琶歌"。该种歌曲原为青年男女谈情说爱时对唱的情歌。其特点是男女全用假声演唱,旋律流畅,节奏明快,抑扬顿挫,和谐优美。

在歌手小杨家,小杨告诉我们,在洪州除了小娃娃不会唱,男女老少都会唱。对他们来说,没有琵琶就没有歌。琵琶一响就想唱,越弹琵琶越能唱。琵琶只有三根弦,要用杉树枝来做音色才响,才脆。如果天气回潮的话,其他材质做出来的琵琶弹起来不响。弹琵琶用的是牛角做的弹片,如果弹拨的时间长了,琵琶面就会受损,影响了音质音色,那么就要更新琵琶面板。所以在平架,很多人都会自己做琵琶。

假嗓谈情

洪州平架琵琶歌用假嗓演唱。可要学假嗓有一定的难度,平常人3个月就能学会弹琵琶调子,但如果要自弹自唱的话,估计要1年多才能学会,要想做到以歌传情、表达爱情更有难度。关于假嗓的由来,小杨跟我们讲了一个爱情故事。说平架曾有一对相爱的青年男女,在月堂相会。男弹琵琶女唱歌,情意绵绵。本嗓谈情说爱怕父母闻出本音,为了不让家人发现,又不吵醒家里的老人,双方都用假嗓来唱歌。没想到假嗓唱歌比真嗓唱歌还好听,不但没有起到隐蔽掩护的作用,相反招引来更多的青年男女听歌学歌。后来,这种唱法便在洪州约定俗成自成风格,传唱开来。

平架琵琶歌流传下来的有古歌、叙事歌、劝事歌、情歌等。其中最为有名的有《晚辈要把老人敬》、《丢久不见常相思》等。这些歌唱到省城贵阳,唱到了北京。1996年洪州琵琶与侗族大歌、侗戏、月也一道名列国家第一批口头与非物质文化遗产目录之中。

自弹自唱的洪州平架琵琶歌舞

看不够的侗戏

侗戏只活跃在侗族南部方言区。在南侗群居的侗族古寨，几乎寨寨都有一个共同的特征，那就是三位一体的建筑标志。所谓三位一体，指的是鼓楼、风雨桥和戏台。村村寨寨内有鼓楼，大多鼓楼的旁边就有一个大小不等的戏台。这个特殊人文景观在三省坡的湖南通道、广西三江、贵州黎平最多。南侗的戏台就是专门为演唱侗戏而建的。

多姿的鼓楼建筑

广西和贵州侗寨的戏台多建在鼓楼旁边不远处，但多是独立的建筑。两个省侗寨的鼓楼形状也多是体瘦而高尖；而湖南通道侗族的鼓楼从形态上就有明显的区别，楼体方正而宽大，楼高而挺拔。鼓楼内的活动范围与内容相比之下要丰富很多。通道侗族的鼓楼还有一个特征，就是南北鼓楼的形状也有所不同。南部侗区，因为受古楚文化的影响，鼓楼多建在寨门的进深处，而戏台则在鼓楼的后面，与鼓楼相通。人们可以坐在鼓楼看戏，或坐在鼓楼听"主席台"上的报告。我们在通道平坦寨看到的鼓楼与戏台各成一个独立的建筑物。竿头寨乾隆年间修建的鼓楼也

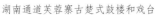

湖南通道芙蓉寨古楚式鼓楼和戏台

地　名 ◉ 黎平、通道、三江、龙胜、从江、榕江
关键词 ◉ 侗戏

是独立建筑，而新维修的鼓楼楼中则成了戏台。在中步村看到的新鼓楼和独岩公园看到的近几年修的鼓楼都与戏台连成一体，鼓楼中有戏台。

侗戏鼻祖

侗寨古戏台源于清代中叶，侗戏的鼻祖是贵州黎平的吴文彩。吴文彩生于1798年，自幼聪敏，读了7年私塾。从青年时起就热爱编著侗歌，所编的歌甚多。如历史歌《开天辟地》、《吴家祖宗》、《历代皇朝》和观世歌《酒色财气》、《乡老贪官》等。人到中年，曾游历于附近州府，看到汉戏很受启发，于是开始创作侗戏。他根据《朱砂记》、《二度梅》两部汉文学巨著，编译成《李旦凤姣》、《梅良玉》两部侗戏，每部戏可唱三到五天。由于吴文彩采用的是侗族传统的手法，侗话道白，说唱连用，在保持原剧全貌的情况下，进行再创作。他将剧中的人物形象、表白语言、歌词音韵、表演形式等全部民族化，深受侗乡人民的喜爱。很快就在三省坡流传开了。为了看戏，三省坡周边的侗寨，自发地在本寨中最神圣最隆重的地段，鼓楼旁或鼓楼后连接、建立了一个个戏台。所以说，通道侗族古寨的戏台之所以称之为古戏台，是因为它虽说只有二百来年的历史，是古寨古建筑古文化中最年轻的一种，但它早已与古寨古文化融为一体了，成了古寨古人文景观不可缺少的一个组成部分。吴文彩也成了中国文学史中一个了不起的侗族文学家。

广西三江独峒戏台

团团圆圆的哆耶舞

去过侗乡的人都有一个共同的体会，那就是不论是在迎宾路上唱的拦路歌，还是在合拢宴上唱的敬酒歌、河边篝火边唱的情歌，抑或是在月亮下边行歌坐夜，大家都能看到热情开朗的侗族人围成圆圈，后人的手搭在前人的肩，随着耶耶耶耶的唱声踩着乐点跳着舞蹈。那浓浓侗味的歌声中听到的"耶"，就是地地道道的侗族哆耶舞。

同歌同乐听耶歌

"耶"，在侗乡古寨，不同的寨也有不同的称呼。有的古寨称"耶"，有的则称"嘎耶"。懂得侗族声乐的专业人士才知道，侗歌声调很多，大致可分为两类，一是"耶"，二是"嘎"。

耶有耶堂和耶普两种，耶堂分男女腔，演唱形式多为对唱，如男女对唱、主客对唱等。每逢过年过节办喜事是"耶"的海洋。四乡的歌手们会自然而然地聚集在一起"哆耶"。演唱时有的站着唱，有的坐着唱；有白天唱的也有晚上唱的；有的在屋里唱，有的在鼓楼内或鼓楼外唱。"耶"的内容很丰富，有歌唱劳动场面、歌颂村寨自然风光，

哆耶场景

也有唱忠贞缠绵的爱情、憧憬幸福未来等内容。不懂侗语的虽然听不懂他们唱的是什么，但从那优美旋律中吐出的尾音"耶"却是谁都听得明白的。我们从侗歌的耶律和行体语言中领会侗歌的中心思想，融入他们的思想感情世界，全心全意与他们同乐同歌同舞，那种天地合一、本性自然释放的感觉实在是太美妙了。

哆耶的艺术魅力

不论走在湖南的通道，贵州的黎平、从江、榕江还是广西的三江、龙胜，都能感受到哆耶的艺术魅力。通道古寨的耶普，解释起来似乎有点复杂，但是只要去到通道侗寨，当你看到侗族的妇女男人在芦笙的指挥下，由一个人领导众人，围成一个大圆圈，后面的人则都用右手搭在前一位人的左肩膀上，圆圈按逆时针方向旋转，边走边唱，最高潮的是一人领唱，众人合唱，领唱的师傅唱完一句，众人合唱后半句。在平坦乡平坦古寨，我们几个作家记者，跟着"哆耶"队伍，同歌同舞，学着侗家人唱"耶耶耶耶"，合唱的音律很有节奏、很美，也很简单，却让人非常兴奋和陶醉。

耶词短的只有十几句，长的可达几百上千句。说古道今，有故事性也有教育意义。在通道古寨，三岁孩童都会跟着大人唱"哆耶"。

湘黔四十八寨歌会

天梯上的广西侗族

广西桂林是龙胜侗族的州府所在地，也是我们进南侗的第一站，还是美国总统克林顿惊呼不愿离开的人间仙境。其实早在1961年越南国家主席胡志明和1973年加拿大总理皮埃尔·埃利奥特·特鲁多到桂林游玩时，发出的惊叹比克林顿还要强烈。桂林美，美在桂林的山和桂林的水。"桂林山水甲天下"早在宋朝时就传誉朝野。

桂林是广西北部政治、文化、经济和科学中心，总人口483万，居住有壮、瑶、侗、苗等十几个少数民族。早在3万年前，这里就有古人类活动。葛天氏的古歌曾在这片古百越的土地上吟唱。桂林这个美丽秀气的名字，早在公元前214年秦始皇统一岭南之后设立桂林郡时就名存青史了。远的不说，仅说近代，桂林就曾两度置省会城市。如今的桂林人将桂林建设成一座小巧秀丽的现代旅游城市。然而笔者行走桂林之后的深切体会，桂林还是一座叫人流连忘返、欲走遗憾的现代旅游城市。

越国遗俗——龙胜

龙胜壮族在玩游戏

天梯上的五彩民族

龙胜，一个能够让人洗除疲惫、疗养旅行人双脚、观赏世界梯田文化奇观的美丽山城，是行走中国侗乡的东南大门。

龙胜建县的历史并不长，清顺治年间（公元1644–1661年）才建立桑江司，隶属桂林府。乾隆六年（公元1741年）才改名为龙胜并延续至今。在此之前，龙胜一直被视为"瘴夷之地"，为桂林府的属地。龙胜有一个让全县16万人骄傲的历史，那就是"各民族自治县"，是周恩来总理于1951年亲自命名批准的。龙胜的侗乡在中国革命历史上有着非常悲壮的一页。当年中央红军第五次反"围剿"失败后，

龙胜金坑梯田1号区

地　名 ◎ 龙胜、宝赠、地灵、龙坪、龙脊、广南
关键词 ◎ 温泉、矮马香猪、红军楼

就是在平等、乐江平息敌人的挑拨，依靠侗族百姓，兵分三路，杀开一条血路，进入通道。这才有了后来的通道转兵和黎平会议、遵义会议。

龙胜以"九山半水半分田"著称，15度以下缓坡只占山地15%的独特自然地理，造就了龙胜梯田文化的世界奇观。神奇的山创造了神奇的人文地理。尽管全国各地温泉如网，但龙胜的药疗温泉仍天下少有；龙胜"蚂拐一跳三块田"的龙脊梯田和金坑梯田，造就了多少一夜成名的摄影大师和艺术大师；龙胜红瑶女的长发获得了世界吉尼斯之最；殊不知龙胜侗族的古越式建筑，还是中国侗族唯一保存原生态完好的自然村寨。

人称"天梯上的五彩民族"，说的就是世居在最低海拔只有163米，最高海拔却有1916米落差间里的龙胜侗、瑶、汉、壮、苗五个民族。五个美丽勤劳的民族世代友好为邻，居住在这美丽的山城。

在龙胜的五个民族中，侗族以占全县四分之一的人口比例位列第一。龙胜侗族主要居住在与湖南通道侗族自治县接壤的平等乡、乐江乡，瓢里乡也有一部分。

神奇温泉

一个释怀天下、脱胎换骨的瑶池，青山翠绿间喷涌而出的腾腾热泉，洗除了我的一路疲惫，舒缓了长途步行挤烂的脚丫。

龙胜温泉位于龙胜县江底乡矮岭溪畔，距县城32公里。终日缥缈透迤、若虚若实的雾气，将林

红瑶族姑娘在捞鱼

阴蔽日、灌木野花簇拥的窄窄长长的峡谷，装扮得宛如仙境。来自1200米深处岩层、从古藤如林、老树如风的山腰上喷涌而出，清澈如镜，无毒无害。龙胜温泉的优势还在于它的可食性。一般的温泉硫磺味比较重，不能进口，而龙胜温泉不但能疗养人的机能，还可以食用。水中还含有锂、锶、锌、铜等十多种有益于人体的微量元素。据有关部门的报告介绍，龙胜温泉不但有抗衰老、软化血管、抗癌等功效，还有饮用、沐浴、调整神经、恢复平衡、催眠、镇痛的作用。对神经痛、关节炎、风湿痛、糖尿病和防脱发等均有良好的疗效。然而笔者最大的感受却是龙胜温泉释怀了多日长途跋涉的疲劳和因日晒雨泡长途步行引起的脚丫发炎、疼痛和瘙痒。

龙胜温泉共有16股热泉，组成上下两个泉群，总流量6.12立方米/秒，恒温60°C。有意思的是，这里的温泉有自然调节温度的功能。

关于龙胜温泉还有一个美丽的传说。传说有一个年轻的樵夫不但非常勇敢，还是个非常孝顺的人，长年伺候年老多病的母亲。七个仙女见矮岭森密水清，扮成白鹤相邀下凡洗澡，结果被恶毒的岩鹰叼走。白鹤的哀嚎惊动了正在山里打柴的樵夫小伙子。他见义勇为，从岩鹰的嘴里救下了受伤的白鹤。白鹤变回仙女，为感谢年轻人，问他有什么要求。小伙子不要金不要银，只求仙女解除民间的病魔，把母亲的病治好。仙女被年轻人的孝心和爱心感动，施法用宝珠把矮岭山石打穿，引来滚滚热泉仙水，不但治好了年轻人母亲的病，还世世代代造福了人间。

广西龙胜宝增的一位母亲正在喂养婴儿

宝增：古楼古房古树天然合一的侗寨

宝增是我们行走侗乡临时增加的一个村寨点，它是同行作家黄钟警的家乡。这是我们行走侗乡时，如同发现新大陆一样，最为激动、自豪的三个原生态村寨之一。

宝增村在地灵进去4公里的地方，到了地灵，再翻过一座山，眼前是一片开阔的高山平原。宝增大寨人就居住在这里。原计划只去地灵，到了地灵，才下午4点多钟，因为时间还早，我们便想去看看老黄的老家，于是跟着他去宝增。当我们一脚踏进宝增的村口，一眼看到两座小巧精美的花桥竖立在村头的溪上，清一色古越式木质建筑的村寨，古色古香、幽幽静静地出现在大家眼前时，我们当即决定不回地灵了，就住在宝增。

这是我所见过的最完美、最古老、最整洁的古越式侗寨了。全寨没有一座砖房，错落有致的侗族双檐吊脚楼和一个屯至少有一座鼓楼的布局，被横竖有序的青石板街巷串连成一个整体，让我激动不已。这个村里不仅有古老而俊美的风雨桥，还有8棵千姿百态、奇形怪状、风情万种的古枫、古松、古樟、古酸李子等古树，与碧翠的竹林交织在

宝增的乡亲为远道而来的我们春春粑

一起，配上小溪涓涓之流，这么完美的侗族古越式寨子除了宝增，侗乡其他地方很少见了。回家后，清华大学建筑学院乡土建筑研究中心主任陈志华教授听笔者说到宝增的建筑状况，当即表示要带他们工作组一行四人去看宝增。中央美术学院民间美术研究中心、世界非物质文化遗产研究中心主任乔晓光研究员从笔者这里得知后也表示想跟着一道去看宝增。其实宝增除了古越式建筑保持完整之外，这里的服饰、民俗民风也是原汁原味。

我们是第一批外来的客人。5月1日早晨，下起了雨，原计划一大早就去村寨拍摄，也出不了门，本是沮丧极了。老乡解释，今天是阴历十二月，是雨节，立春没下雨，大多数田里都没法耕田播种。农民们希望下一场透雨好春耕。听到这，心情好一些。于是我们还是打着伞出门，在村头的一个叫伍仕能家的楼上窗口处拍了村前风雨桥旁的4棵苍劲古树。早上8点刚过，雨稍停了一会，我抢着拍了一些古树和寨景、街巷的石板路。

大清早，采访组的各位兄弟就不见了人影。各自忙着捕捉自己需要的人文景观。说真的，我所走过的全国侗寨，还没有一个侗寨像宝增寨这般完

地理知识百科

龙胜

龙胜各族自治县位于广西壮族自治区东北部，地处越城岭山脉西南麓的湘桂边陲，面积2370.8平方公里。东临兴安、资源县，南接灵川、临桂县，西南与融安、三江县为邻，北毗湖南省城步，西北与湖南通道县接壤。县城龙胜镇与自治区首府南宁市直线距离371公里，公路里程531公里。与桂林直线距离63公里，公路里程87公里。

美的。这里是典型的古越式侗寨陈列馆:典型的干栏建筑、典型的双檐屋檐、典型的一层养牲堆杂,二层住人的民居样式、典型的侗族传统青石板铺路的村寨格局等等,都是我们梦寐以求的。用美工小杨的话说,从寨头走到寨尾,走遍全寨不湿鞋。尤其是这里的青石板基本上都是大块而完整的,整整齐齐。不论是之字形的上坡进屋,还是笔直的南北街巷,全寨因为青石板而显得如此整齐美丽古朴。

宝增村由三个自然寨组成,一个是普团寨,一个叫上寨,溪河对面的叫江坪寨。每个寨都有鼓楼。宝增的红薯特别甜,我吃了两个还想吃。乡亲们听说我们来拍他们的民俗,一个个穿着节日民族服饰,冒雨赶到鼓楼前的老年活动中心,还专门煮了一笼糯米饭,端到鼓楼前的舂子前,舂糯米粑,舂好后,妇女孩子争抢着去抓一团来吃,意为争吉祥。当我们也往鼓楼赶时,路边忽然闻到一阵阵清醇的米酒香味。"是谁家在酿酒?"我们闻着酒香找到一家人家,推门而入。这里仍是夜不闭户,路不拾遗,家家户户都不锁门的,所以想进谁家,推门进去即可。当我们进了那家的一楼,大灶前还真的在酿米酒哩。清澈澈的米酒,一滴滴流进大缸里,热情的房东见我们贸然碰进,非但不怪,反而非常热情地用杯子舀出还有热度的米酒请我们尝。尝过米酒,我们又在一条屋檐挨着屋檐的路边听到有节奏的舂兑声,原来是热情的侗家妇女们在舂芝麻,为我们做芝麻糯粑吃,我们感动得不得了。

那天是雨节,室外雨越下越大,继而成暴雨,我们无法拍外景了,也往鼓楼前的老年活动中心赶去躲雨。有意思的是,这里竟然成了哆耶的海洋。侗家的男人们手搭着前人的肩上,摇头晃脑地

地灵平介梯田

唱着哆耶，跳着堂舞。侗族妇女们也围着圈跳了起来，随着我的镜头闪光，乡亲们跳得更加起劲。鼓楼里，老人们在吹着侗笛，陶醉在悠扬的笛曲之中。几位老年阿奶，也早早地把纺车搬到鼓楼里，边听歌边纺纱。我这才体会到为什么侗族人爱热闹，人看人本身就不失为一种原始的热闹方式。

在宝增吃住竟然不要钱。给他们送几包糖进门，他们就像接待自家的亲戚一样兴高采烈。不过不能吃白食，我们给他们讲开发旅游的好处和保护的措施，要求他们吃住一天收二十来元，老乡们都不好意思呢。

在广西龙胜和三江的侗族地区，乡下除了村主任和村民小组长之外，还有一种民间职位叫屯长。屯，古为屯兵屯粮之意。侗学者张勇也认为，明清以前，朝廷为了管制少数民族造反，在少数民族村寨扎营屯兵，之后整个兵屯就地安置，久而久之，与当地人融为一体，便形成当地的一种特殊人文现象。只有屯的建制名称沿续下来。用现在的话解释，屯就是一个寨的意思，不论寨大寨小，一个寨就是一个屯。大寨中多有分支，也就是如今的村民小组。如普团寨有屯长制，而屯长分管着四个小组。但普团就是一个大寨，一个自然寨。屯长是乡亲们选出的领导，说是比小组长大比村主任小，其实有时村主任也得听他的号召。这是个不拿工资却管得宽的民间领导，相当于旧时的款首，不过现在都年轻化了。普团屯的屯长叫黄耀雄，他家和老屯长黄定祥家的菜做得很好吃，而我们去洗澡的黄功生家，红薯非常好吃，住的房东叫黄定如，房间很干净。

宝增村过去7公里，就是湖南通道侗族自治县

宝增寨曲折的骑楼过道，典型的古越式干栏文化

的马田村，国家级文物保护单位马田鼓楼就在那里。宝增至马田，中间约有1—2公里不通汽车。

地灵：香猪矮马石板侗寨

地灵给我们的印象就是石板侗寨。青石板不但铺满全寨，还上山翻界。寨上岩坪、石板路、石栏杆保护完好，风雨桥、鼓楼、戏台、萨坛原汁原味。最长的铺桥石板长约18米，宽70厘米，厚40厘米。听寨里老人说，当年祖先上山抬这石板回寨，一天走8步，走了一个多月才到家哩。这里跨越30米河面的桥只用3块石板即铺成。从乐江乡翻山到地灵，两座山界，只要一进地灵界就全是青石板铺成的石梯。

广南民居，要脱鞋才能进屋，非常干净

地灵侗寨是外国旅行者趟出来的原生态侗寨。我们到地灵的感觉是地灵的香猪和矮马很有意思。

地灵的香猪很有名，猪体躯短而矮小，背毛全黑，个别有唇白和肢端白。颈部短而细，头长额平，额部皱纹纵横，耳朵较小、薄且向两侧平伸，耳根硬，眼周围有一粉红色眼圈。背腰宽而微凹，腹较大下垂，四肢细短，尾巴细长似鼠尾。品种较纯的香猪眉心有明显白斑，黑色部分仅存于头部和尾部，背部无黑斑。

地灵矮马体小精悍，善走山路。具有耐粗饲，耐渴耐劳，适应性强，易调教，繁殖率高，抗病力强，善跋山涉水等优点。但是矮马的毛色单一，多数为黑色带暗红毛，少数有栗、青、黑、白和兔褐毛。

我们从地灵往回赶，搭了乡政府计划生育送人的车，有幸目睹了沿路的路况和人文景观。一路上我们看到公路对岸万丈高崖山坡上住着零星的壮侗族。路上有一条非常特别的风景线就是一根根细钢丝牵着两岸，一头系在水桶粗的水泥墩柱上，一头系在对岸自家门前。司机小梁说，那是当地人家用来滑货物的。如柑子、谷子、化肥等，从乡上买来或把自家的农产品运到乡上卖，就利用钢丝把货物滑到对岸的马路上。不怕死的年轻人，还把自己悬在钢丝上，滑到这边的马路上呢。地灵回乐江的公路，在未修好新公路前，不仅有30多公里之远，还要经过湖南通道侗族自治县的四个自然大寨，过一条溪河。新路现已修好。

龙坪：红军救下的古侗寨

龙坪侗寨在中国革命的历史上留有重重的一笔。因为中国红军第五次反"围剿"失败之后，按既定方针，走到这里，已是前堵后追，围追堵截得寸步难行。桂军为实现国民党最后剿灭中国共产党的全盘计划，早在中央红军进入龙胜平等乡之前，就扮成红军放火烧侗寨，烧侗人心中的圣地鼓楼，烧杀抢掳无恶不作。中央红军经过非常艰难的工作，才赢得侗乡人民的信任，兵分三路从这里进入湖南境地。

龙坪离乡政府只有2公里左右，有简陋的公路。底盘矮的汽车不好走。这个村以前是淘金村，后又种碰柑，所以村子里除了那六七座鼓楼和村寨中石舂、水井等生活习俗还显示是侗族村寨和一棵六七人都合抱不住的桂花树，显示村寨的古老历史之外，建筑上多是小砖瓦楼。

村里的一座鼓楼叫"红军楼"，是当年侗族人为了纪念红军而改的鼓楼名。当年广西桂军为了堵截红军，离间红军与当地少数民族的关系，由特务假扮红军，在群众的眼皮下打家劫舍，放火烧寨。侗族过去都是木楼，而且一栋连着一栋，所以火很快把大半个村子连成一片火海。正赶上中央红军过来，周恩来命令红军战士救火，红军战士终于把那刚燃起的鼓楼救下来，这才保住鼓楼以下一百多户人家的房子。红军们又把假扮红军的三个特务抓住，在村里开了一个公审会，把那三个纵火犯枪毙了。红军楼至今还遗留着当年被烧的痕迹。解放以后，龙坪的侗家人为了纪念中央红军和周总理，把鼓楼改成红军楼，把会馆改成"审敌堂"，保存至今。

龙脊：十里蜿蜒似天梯

龙胜县和平乡龙脊村，距县城22.5公里，公路可通景区，为国家一级景点。龙脊梯田和金坑梯田从河谷至山巅，最高海拔880米，最低海拔380米，垂直落差500米，层层曲折起伏的梯田尽收眼底。这里"春似群龙戏水，夏荡层层绿波，秋如万顷金浪，冬犹山水一色。"造就了多少一夜成名的摄影大师和艺术大师。

据文献所载，龙脊梯田始由元代营造，完工于

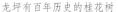

龙坪有百年历史的桂花树

清初, 650多年间历经一代代龙脊人的汗水和辛苦, 终于形成天地人合、人神共享、举世闻名的壮丽景观。在龙脊, 有一句古传的俗语叫"蚂拐一跳三块田"。说的是龙脊的田, 长的如龙, 小的如蚂拐。我们听说一个故事, 传说有一年天大旱, 日久无雨。忽然一日打雷闪电, 各家各户都急忙戴上斗笠, 披上蓑衣, 赶往自家田里去犁田。暴雨下了一阵便停了, 一个老汉解下蓑衣, 想赶在天黑前把自家70多丘田都耕完。天快黑了, 老汉数了数, 怎么少犁了一丘, 于是他四处寻找, 但就是找不到了剩下的那丘田。天黑了, 老汉叹口气自言自语道, 只有等到明天天亮后再上山来找最后一丘田。当老汉无奈地拿起随手甩在地上的蓑衣时, 才发现最后一丘田竟然被自己的蓑衣罩着呢。

广南: 幽幽深巷传琵琶

广南位于乐江至平等乡的县级公路边, 距平等乡6公里, 距龙胜县城50公里。每天都有许多班农村班车通过, 一般半个小时就会有一辆过路车或班车路过广南, 交通很方便。

广南村有8个自然寨23个村民小组, 全村3026人, 只有一户迁来的汉族和十几户瑶族, 98%的都是侗族。村尾有一座建于清朝约1733年的风雨桥,

龙胜金坑梯田的晨景(徐正荣摄)

广南的草龙舞

平等河上有一道千百年来把石头趟成石板的石墩桥，把河两岸的侗寨连成一体。靠近河边的那条古老的人行道，仍旧是古老的古越干栏文化。一户屋檐挨着一户屋檐，形成望天一线天。各家各户都是平齐的木板楼，宽大的堂屋火塘旁是人们晚上唱琵琶歌的地方，这个沿公路而建的并不好看的侗寨，里面却保存了原汁原味的古巷古街古民居的侗族建筑文化，很难得。

广南去平等的路上有一座古城，侗语叫"务营"（汉译），意为兵营。清乾隆六年建有石城，周长295.4丈，设有东、西、南、北四门，名为"广南司石城"，老百姓叫它广南城，曾为广南司巡检署、右守备署、义宁协右营驻地。驻防兵丁250名，是清朝屯兵练兵重地，现属庖田村，仍有城门古街道和房屋建筑遗址，就在路边。

广南大寨最有特点的是琵琶歌遍及全村，中年以上的男女，大多数会自弹自唱，唱得非常优美动听。广南的草龙舞也特别精彩。一条草龙有九节，每节有2.5米，一条草龙长达22.5米哩。龙头从石板巷出来好长一节，龙身和龙尾还藏在深巷之中，一眼望不到尾。这里的侗戏也演得感人，乡亲们冒着太阳也要看侗戏。

清朝时期的风雨桥成了广南的象征

侗族花桥之乡
——三江

团结桥，连接着侗族孟寨和苗族坳寨

"艳说林溪风雨桥，桥长二丈四寻高；重瓴联阁怡神巧，列砥横流入望遥。竹林一身坚胜铁，茶林万载茁新苗。何时得上三江道，学把犁锄事体劳。"1965年中国一代文豪郭沫若的一首题诗，把三江的程阳风雨桥唱出了名，唱红了国内外。广西三江的风雨桥就此成为三江旅游文化的产业品牌。1988年香港老专家陈茂祥看过程阳桥，情不自禁地赞美："不到三江根不消，避秦早应学侗瑶。蓬莱未必真仙境，人间奇迹程阳桥。"其实，在侗乡，在三江，何此一座程阳桥美，三江全县171座鼓楼、108座风雨桥，哪一座不是重瓴联阁、雄伟壮观、雕刻绘画，谁个不美？当你夏日炎炎时走在悠悠风雨桥上，阵阵爽面的河风将会洗去你一身的沉重；当你傍晚走在风雨桥头，悄悄地偷视侗乡青年羞涩约会，那种虽不道德却无伤大雅的快感，让你体验孩童时的恶作剧，准会开心地笑掉大牙；当你走在人畜分道的风雨桥上，你会为聪明、文明的侗族祖先们拍案叫绝。这就是侗族的桥文化，这就是三江的桥文化。

广西三江岜团人畜桥

古树奇观

孟寨: 一寨看两俗

孟寨位于三江县城走独峒的国道上, 我们到此地时, 孟寨的侗家人正在平流村的华练寨"围耶", 集体做客。寨里只有守寨的几个老人和小孩子。

孟寨的特点在于一桥之隔便是苗寨。这座风雨桥又叫团结桥。有史以来, 侗人从河这边修桥, 苗家从那边修桥, 中间有一定的距离, 人过桥要从桥上跳过去。解放以后, 人民政府将这座桥连通, 修成一个整体风雨桥, 取名团结桥。

桥对面的苗寨叫坳寨, 是全县唯一的水边苗（居住在河边的苗族）。从河边大榕树下拍团结桥和两岸侗苗两寨, 角度相当好。也许是在侗区生活时间太长, 这里的苗族除了服饰和语言坚持着苗族特征之外, 建筑和习惯与侗族无异。苗寨也修了一座小鼓楼, 与河对面孟寨的鼓楼遥相辉映。这也是笔者走遍中南、西南地区的苗区, 唯一看到的苗族鼓楼。坳寨的建筑更具干栏式, 依山垒墙吊脚楼, 外观惊险陡悬, 有传统的骑楼。一寨看两个民族风俗和建筑, 是我们到三江最开心的事。

林略: 茫茫林园中的古侗寨俏侗寨

林略是独峒乡山上一个置寨于半山腰的纯侗寨。侗寨原汁原味, 我们去时, 全寨除了村小学, 全是清一色的木质居房建筑。典型的古越式。鼓楼在古民居建筑群中鹤立, 一年中有近一半的时间早晨是被蒙蒙如纱般的白雾环绕, 时隐时现, 如海市蜃楼。

林略最让人流连忘返的是寨后的一处40亩面积的大森林。与自然山林不同的是, 这里是上世纪70年代初把山峦挖平为公园式展平的地面, 所以30年长成了林海, 拔地而起的南方林园。实在是一处游玩的好地方。

地理知识百科

三江侗族自治县

位于广西北部, 地处湘桂黔三省区交界之地。全县34.18万人口, 侗族拥有20余万, 占全县总人口的57%。三江侗族主要分布在与湖南通道, 贵州从江、黎平和广西融水相邻一带。

三江县始建于宋代, 原名怀远县, 后几经兴废, 1914年才易名为三江县。1952年12月3日成立县级侗族自治区, 1955年9月改为自治县至今。

岜团人畜桥

岜团风雨桥, 是中国侗族地区最大的人畜分道双层风雨桥, 两层高差为1.5米, 坐落在岜团寨旁的苗江上。建于清宣统二年(1910年), 桥长50米, 桥台间距30.4米, 二台一墩、两孔三亭, 现已列入全国重点文物保护单位。

岜团人畜风雨桥的美观, 还在于它四周的苗江水和山上稀有珍贵的五针松林交相辉映, 形成一幅清秀美丽的自然风景画。

个人经验: 岜团风雨桥最佳拍摄地点, 一是过桥, 站在苗江河湾处, 镜头左上角留一缕树叶, 对着桥身拍照; 二是站在村路上的一小片竹林间, 背景为茂密的五针松拍桥景。

原汁原味黔东南

有人说，黔东南是贵州少数民族最后一个原生态花园。的确，黔东南是一个生态原始古朴、习俗原汁原味，且保持最多最广的苗族侗族自治州了。近五年是笔者走访黔东南州最多的五年。去凯里或下县，少则七八次，多则十余次。不止笔者个人去，笔者还把日本、泰国、韩国、美国等外国的学术朋友带着去。除了为他们写了一本书，还发表了数十篇的特稿文章。

在黔东南州，从江的岜沙苗和黄平的僮家，都是笔者发出的第一篇文章和第一本书。对黔东南，笔者投入了太多太多的情感和文墨。之所以能让笔者在几年的时间在这里流连忘返，不是别的，就是这里的民俗文化太珍贵了。中国侗族296人口，最多的就在黔东南，占总人口的约50%，占贵州侗族的76%。

中国的苗族，也是这里最美丽。

侗族古都
——黎平

黎平是南部侗乡的心脏。在中国侗族地区，南侗最早建立州府的就是黎平。从最早形成南侗习俗的三省坡地理发展趋势看，居住地是从通道、黎平、三江开枝散叶的。如今这三县也是侗族南部人口占全县总人口最多的县，各县都占70%以上。

黎平县辖25个乡镇，面积4441平方公里，总人口49万，少数民族占70.87%，其中侗族35万人，占全县人口71.4%，是国家对外开放县，县城德凤镇是省级历史文化名城。

笔者对黎平情有独钟，首先是出自于对侗族古都的民族情感。到过黎平之后，也是笔者第一个发现了地扪侗寨，写地扪、并将国际稻作文化会议带到地扪，把地扪宣传出去的。黎平人传承了侗民族的优良传统，真正是"有朋自远方来，不亦乐乎"。不论是谁，到了黎平都有"四海之内皆兄弟"的亲切感，这也是黎平近几年旅游业发展迅速的主要原因吧。其次是黎平不论历史文化底蕴还是民族文化厚度都让笔者流连忘返。这里是古州府之地，文物古迹随处可见；这里是侗族大歌的发源地之一，到处是歌的海洋，诗的家乡；这里是侗戏的原生地，侗戏鼻祖吴文彩出生在这里；这里还是稻作文化的原生地之一，是现今唯一完整地保存稻作文化的原生

黎平红军桥

地　名 ◎ 黎平、地扪、黄岗、岩洞、肇兴
关键词 ◎ 千三寨、万人大寨、独木鼓楼

态村寨。这里有的文化太多了，这里的山有情，水有情，人的热情更让人无以回报，这就是黎平。

地扪：侗族朝拜的千三寨

地扪是一个美丽的侗族村寨，位于黎平县茅贡乡驻地以北4公里，距县城45公里。这个寨子地处宽谷中的小坝子上，一条小溪穿寨而过，有林区公路与锦屏至榕江的公路线相接，全寨有483户2176人，是黎平西线最大的侗寨。

地扪寨名字的起源，据老人们祖辈相传，是侗族祖先落寨定居这里后，人丁发达，不久发展到了1300户。地扪是"千三"总根，人们为了纪念这个发源地，故侗语取名"地扪"，汉语的意思是说这个地方像泉水一样，源源不断，源远流长，是个值得缅怀和怀念的地方。

地扪寨内分为5个大房族，也就是5个小的居住范围，分别叫寅寨、得面、腊模、寨母和为寨。原寨中有5座鼓楼，5座花桥，现仅保存了3座鼓楼和3座花桥。其中模寨鼓楼为"千三"之根，建寨之源。

地扪的民间艺术十分丰富，这里人唱侗戏、跳哆耶，这里的祭萨也很传统。还有古老的传说和历史文物且都保存得较为完好。最具代表性的有塘公，相传他是护佑"千三"一带民众的神。千百年来，代代敬仰，直至今

天。至于腊洞吴文彩墓和登岑日中友好鼓楼，早就通过新闻媒体传播海内外，有一定知名度了。

地扪每年正月都要举行"千三欢聚节"。村民利用这个节日全面展示民间艺术、侗族服饰及民俗等。因为地扪是"千三"的总根，故老人商议，所分出去的每支人等每年正月十一至十五欢聚地扪，年长月久自成习俗。

地扪也是笔者作为外地作家进去采访的第一人，自然这里的宣传也是笔者走第一了。地扪不仅服饰美丽，歌舞地道，腌鱼腌肉做得好，这里的人还传承着侗族传统的手工制纸工艺。农闲时随时可见老乡在制纸。

黄岗：原始生态链的侗寨

黄岗位于黎平县与从江县小黄交界之地，是一个有着1600多人的纯侗族村寨，有5座清一色木制的鼓楼。这里的侗人种田不用化肥（鱼吃寄生虫），收割不用镰刀（手摘禾），碾米不用机械，吃饭不用筷子，厕所不在室内（在鱼塘上），谷仓不在家里（水塘里）是迄今为止发现的中国稻作文化原生态保存得最完整最原始的第一寨。也是笔者行走侗乡23个县中最激动、最自豪的新发现。

黄岗侗寨古往今来，男耕女织、尊老爱幼，天不亮就出工，夜深才归宿，孩子小从跟着祖母长大，七八岁还不认识自己的父

地扪娃

母。只有行歌坐夜才是年轻人相识相爱的所有。

认识黄岗村是一种缘分。得益于副县长张先明的坚持和歌师吴定伟的执著。我们从榕江赶到黎平已是晚上快12点了，事前为行动顺利，笔者给政协一位朋友打了电话，谁知在恒昱宾馆一直等我们的不但有老朋友，还有新朋友，即分管旅游的副县长张先明。于是第二天清早，我们便上了寻找新资源的公路。然而，黎平要看的地方太多，而我们在黎平的时间原计划只有两天，所以看完肇兴、堂安、厦格等侗寨，我们就想转战他处。张副县长硬是盛情挽留，坚持让我把他安排的路线看完，写不写随我。于是我们又上路，往岩洞方向走。可天公不作美，出了县城就下起了雨，小车刚出县城就在烂泥路上滑得举步艰难。县里又联系双江乡来吉普车接，但时间不等人，于是我们打算放弃黄岗侗寨，打道回府。老吴却执著地请我们再等等，说是下午还有一班车进双江（四寨）。于是，在老吴的执著下，我们硬着头皮上了车，继续往双江乡所在地四寨前行。这一继续，才发现了新大陆。我们这才由衷地感谢他们给我们提供的宝贵资源。

双江乡在家的几位年轻的副书记、副乡长、人

黄岗的年轻人

大主任、政协主席非常热情地接待了我们这批不速之客，尽管四寨到黄岗还有19公里的山路，且不通班车，很多地段根本没有路，要从河中趟过。如此艰难，两位年轻领导人还是坚持一定要亲自陪我们上黄岗。

黄岗村是双江乡最边远的一个村，距从江小黄只有4公里。这个"待在深闺人未识"的侗寨，是老天给我们留下的"十丈红尘之外一处净土芳地"。当我们爬上烂泥坡站在山顶望着层层曲折的梯田时，天放晴了，甚至还出了太阳。我们大家的心情一下子好了起来。当我们沿溪而上，走到山口时，两座古香古色的风雨桥出现在我们眼前，我们知道黄岗到了。让我们欣喜若狂的是，黄岗是一座整整齐齐，没有一点现代加工的古村寨，让我们由衷地体会到"芳草香美"的有情有味。最让我们激动的是，我们发现黄岗是一个稻作文化保存得最完美、最原始的村寨。这里至今只种糯稻，自然，一日三餐只吃糯饭。为了吃糯谷，黄岗的姑娘不愿嫁出去，外面的姑娘因一日三餐一年四季吃不惯糯谷，而不愿嫁进来，所以这里的小伙子娶不到外面的媳妇。

黄岗原生态稻作文化主要表现在自然生态循环上。这里的人屎尿屙进自家鱼塘，塘养鱼，鱼苗吃人们没有消化的排泄物长成小鱼，每年春耕蓄水耕田后，插禾前，把塘中小鱼捞出放进稻田里，小鱼再吃稻田里的寄生虫，形成人养塘、塘育鱼、稻田养鱼、鱼护稻田，鱼谷丰收后，人们又靠稻谷和鱼维持生命的人与自然的循环。袁隆平院士曾为笔者的稻作研究题词"稻作文化是世界文化的半壁江山"，在黄岗，我们看到了一个活生生的世界半壁文化的水稻民族原生态博物馆，太激动了。

黄岗侗寨

晚上我们在鼓楼参与黄岗人的行歌坐夜,侗族大歌原生地的歌声听起来别有一番情趣,那优美的琵琶歌,如丝如缕般渗进我们的骨子里。行歌坐夜男女自然亲昵、互生爱慕的情景,让同行的小伙子们热血沸腾。当劳累了一天的我提出回"家"睡觉时,人还没走到村主任家门口,我身后的年轻人都不见了踪影。他们陪我进山,是"醉翁之意不在酒"呢。

这里还是一个贫困村。自古到今才出了4个"文化人"。其原因除了贫困读不起书之外,还有一个更大的因素就是因吃不习惯籼米而不愿下山读书。尽管父母为下山读初中的孩子准备了一个大白瓜装的糯米饭,饭量大的带两个白瓜盛饭,但顶多吃到星期四、五,就吃光了,还得饿一两天肚子才能回家吃到香喷喷的糯米饭。所以大多数孩子读到初二就坚持不下去了。尽管村里有奖励,对上初中的孩子一年奖励80元,但大多数孩子还是宁愿在家种田。西部开发后,政府把电线拉进了侗寨,侗娃们从电视上看到山外的现代信息生活和五彩缤纷的世界,于是才有了主动想读书的愿望。大清早笔者出门到黄岗小学看看,穿着民族服装的孩子们正在做晨操。当笔者问这些孩子们会不会唱大歌时,校长一声哨声,他们立刻集中在教室的石梯上,异口同声地唱起大歌。笔者得知还有5个孩子因家境穷困读不起书时,当即表态想办法助学,让那5个孩子下学期也能背着书包上学。当我们跟孩子们说到山外世界的奇妙时,引得他们开怀大笑,笔者抢下了这幅珍贵的镜头,却没有抢下自己热泪盈眶的镜头。

肇兴:侗族万人大寨

肇兴位于黎平县城南67公里,全乡22个行政村,21168人,99%为侗族。肇兴大寨800余户,人口4000余人,为全国最大的侗寨,被称为"侗乡第一寨",是黎平最具代表的建筑群。远观肇兴全景:中间凹,四周高山,呈长方形,块块聚落,似船状形。村中有条小河,发源于堂安村,全长5公里,注入都柳江。村南有麒麟山,海拔971米,山形奇丽雄伟,森林茂盛。

肇兴历史悠久,寨中有鼓楼5座,花桥5座,戏台5座,这就是人们常说的"肇兴鼓楼群"。从上往下数依次为仁团、义团、礼团、智团和信团。仁团鼓楼为7层,高21.7米;义团鼓楼为11层,高15.8米;礼团为13层,高23.1米;智团为9层,高14.8米;信团为13层,高28.9米。鼓楼均为木质结构,用四根大杉木作为主柱,直达顶层,另立副柱加横枋竖立其上,并向四周伸展,整座鼓楼全以木榫、木栓穿合,不用铁钉,结实牢固,扣合无隙。有位古建筑专家对侗寨鼓楼进行了一番研究后说:"侗寨鼓楼是地道的土著文化,是中国建筑的一个品种。"

岩洞:南侗独木鼓楼之地

岩洞是侗族大歌走出国门第一乡之一,距黎平县城28公里,东接肇兴鼓楼群和地坪风雨桥景区,南连从江县往洞乡增冲鼓楼景点,西邻茅贡乡高近、地扪、腊洞等"侗戏之乡",北与黎平古城、高屯天生桥风景名胜区相通。岩洞是侗族风情、侗族文化传承的核心地带,是侗族大歌的原生地之一,清代侗歌宗师吴朝向就出生于岩洞宰拱,在建国初期岩洞侗族歌手吴培信和其他几位歌手一道,曾带着侗歌走出国门,岩洞因此享有"侗族大歌走出国门第一乡"的美誉。目前,侗族大歌普及至男女老少,形成老人教歌、青年唱歌、少年学歌的浓郁氛围。岩洞各中小学甚至幼儿园都开设侗族大歌、童歌课程。侗族踩堂歌、拦路歌、琵琶歌、流水情歌、牛腿琴歌和侗戏都颇受欢迎。每逢佳节,村民们都要开展斗牛、赛芦笙、踩歌堂、唱大歌、情歌、演侗戏等民族风情活动。

此外,这里还有古朴、独特的侗族民间建筑和文化遗产。1999年,在吉尼斯世界之最名录中又增加了——述洞独柱鼓楼。这座造型独特、原始古朴、在人类建筑史上具有特殊意义的民间建筑就坐落在岩洞镇述洞村。就在去四寨(双江乡)的路边,一眼便能看到。在我们所走过的侗乡中,它是我们看到的唯一一座独柱鼓楼,有学者说它是侗族鼓楼的发祥地之一。古朴的鼓楼是木质结构,有民居、寨门、戏台、花桥,构成一幅侗味十足的"民族风情画"。在岩洞镇,除了知名的"述洞独柱鼓楼"外,悠久的侗族文化遗产还有"竹坪青石桥"、"竹坪款禁碑"、宰拱"万麻墓",各村寨的青石板水井和青石凿成的瓢井等等。民间工艺品有用楠竹编成的蒸笼、饭笼、提篮等,民间刺绣也十分美观、艳丽,特别是岩洞侗族服饰已成为侗族地区服饰的代表之一。

地理知识百科

黎平名人

黎平的历史是文化的历史,也是名人的历史。一代枭雄都曾出生在这里:侗戏鼻祖吴文彩出生在这里,侗戏诞生在这里,是他把侗戏传播到三省坡周围的侗乡村寨,至今经久不衰;中国历史上著名的吴勉起义,也发生在这里。明代洪武十一年(公元1378年),中国历史上著名的农民起义首领吴勉在家乡五开洞(黎平)起义,并在黎平交界的靖州新厂打了一仗,大获全胜。虽然在7年后被俘就义,但仍名垂青史;明末清初追杀著名的农民起义领袖李自成的清朝副都御史何腾蛟也出生在这里。这座古城在清代就出了五位像何腾蛟一样的员外郎中官品的朝廷大员;最有纪念意义的是,中国革命历史上,正式决定中国工农红军命运的著名的黎平会议也在这里举行。

欢快的侗族孩子

大歌之乡
——从江

这是一个原始古朴得让人以为置身于时间隧道，又返回到3000年前原始社会的没有丝毫人工雕凿痕迹的少数民族县。从江县位于都柳江中游，贵州和广西侗乡接壤处，是一个只有一条商业街的小县。都柳江大概称得上是从江的母亲河，把从江县城一分为二。小城透着安详平和，那里的人不紧不慢，与世无争。从江少数民族虽然占了全县31万人口中的94%以上，但这里苗族最多，侗族只占全县的42%。

在从江，可圈可点的民族风俗和自然风光有很多，如民间传说"秦娘美"的故乡贯洞、侗族祭祀祖先的活动"祭萨"、"一曲清歌几多心意，两场侗戏无限文章"的高增民族文化村、下银潭保存完好的侗族民居、饶有情趣的龙图吃"相思"和侗家油茶、重大节日中的"抬官人"、"鼓楼抢鸡"活动，以及古榕下、小溪边、鼓楼里、花桥上的情歌对唱等。

岜沙：最爱美的苗族部落

岜沙是我最牵挂的地方，从我第一眼看到岜沙男人头上的髻时，便立刻想到战国七雄的历史和西安的兵马俑。岜沙人从头到脚都是那么的原始。男人生下来，就不剪头，说头发是人的灵

从江蜡染

魂，是精血，直到成人后，把脑门盖以下的头发剔掉，但仍保留头顶上的头发。岜沙男人的美，除了体现在他们的头发上，还体现在他们的猎枪和花挎包里。岜沙人不与外人通婚，青年人相恋相爱都是在秋千上完成的。

岜沙村共有371户，2061人，是一个典型的苗族村寨，全寨由滚、王、吴、贾、易、孟、梁等姓组成。滚姓最多，占全村的三分之一。村寨四周古木参天，青翠碧绿，清一色的木质吊脚楼，屋檐挨着屋檐从坡下沿着坡面排到山头上，远远看一大片，且多是杉树皮做瓦，极为古朴壮观。还未进岜沙老寨，一股田野的芳香扑鼻而来。这种

地 名 ◉ 从江、岜沙、小黄、高增、占里
关键词 ◉ 侗歌之乡、国宝鼓楼

田野的芳香是城里人只有在散文里、小说中才可意会得到的,但在原生态的岜沙老寨,这样清新的芬芳随处可嗅。

2000年10月3日第一次进岜沙,我们向寨里走去,三个穿着家织亮布边襟苗族服装,头上挽着小髻的岜沙苗小姑娘,闻声赶到房屋旁,好奇而又羞涩地望着我们,许是嫌离我们太远,看不清陌生客人的脸,她们又大胆的跑过来,站在菜园子边看热闹哩。于是我将她们纳入镜头,小姑娘们一个个是那么天真无邪,笑得真切,羞得真切,活脱脱一幅甜美而纯真的油画。我陶醉得不能自已,抢下了这个难忘的镜头。

走进寨里,才发现这里的人们都穿戴着古朴的服饰和头饰。不管男女老幼,头上都挽着巴巴髻。村里头发蓄得最长的汉子是37岁的贾老亮,从出生到现在,他头顶上那撮头发一直没剃过,头发长到与自己身高一般长,遗憾的是他不愿进我的镜头。而他弟弟贾老马倒让我把他的头发拍了下来。26岁的贾老马,头发也长过大腿。

岜沙男青年背的挎包都非常漂亮,花样儿鲜亮,色彩协调,款式风格独特。当我向一个小伙子提出买一个包时,小伙子连连摇头:他们的包是不能卖的。岜沙的年轻人没找到对象前,由母亲或姐姐给他们绣挎包;谈了对象,有了未婚妻后,出门时除了背上母亲给他绣的五彩包,还会背上未婚妻给他绣的。这也是岜沙年轻人谈恋爱时的标志。每年荡秋千或走亲戚时,只要看到背两个包的青年,大伙就要恭喜他有了未婚妻了,姑娘们也就不再去注意背两个包的青

年了。

岜沙苗是一支非常爱美的苗族支系。在岜沙寨考察时,我发现岜沙人尤其注重男人的服饰和头饰。岜沙男人,都被自己家的母亲或姐妹、妻子打扮得漂漂亮亮:背的是五彩缤纷的彩花包;腰上系的是十分讲究的嘴形五彩腰荷包。即使是下田干活,都穿着漂亮的衣裙。姑娘头上还戴着鲜花儿哩。岜沙苗寨的小伙子身上除了那炫目的五彩背包外,还有一件非常亮丽的装饰物就是他们腰上的五彩荷包,里面可装着他们各自的秘密呢。有了未婚妻的,里面多装的是美丽的未婚妻赠送的定情物或心爱之物;没有未婚妻的小男儿,没好意思让我看他们荷包里的秘密。然而,

岜沙苗族的姑娘在荡秋千

当与他们友好后，这些从娘肚子里生出来就很少照相的岜沙人，多禁不住黑镜头的吸引，纷纷让我给他们照相。我无意中发现一个只挎着一个五彩背包的岜沙小青年正躲在墙角，从他腰上漂亮的小荷包里往外掏东西哪。你猜猜我瞧见了什么？是一面小小的圆镜子哩。原来，漂亮的小腰包正是未婚的罗汉们用来装镜子或做装饰的。

岜沙的女人，不管是小姑娘，还是少女、妇女、老人，日常生活或节日盛装，都没有多大的变化，基本上就是清一色自制的亮布衣裙，最漂亮的就数裙脚边上那两道白底起花的裙带纹了。发式也基本上一个样，在头顶右侧缠一个髻。

小黄：侗族大歌发源地之一

小黄是高增乡下属的一个行政村，距县城23

从江小黄的一户人家正在纺线

公里，距乡政府不到14公里。小黄是个地域性概念，由小黄、高黄、新黔三个行政村组成。到笔者这次采访为止，小黄共有717户，3471人。小黄还有"侗族大歌之乡"的美誉。这里的侗家人不仅人人能歌善舞，而且早在50年前，这里的侗族姑娘与黎平、榕江的同胞一起，把侗族大歌唱进了中南海，是侗族人几辈子都值得自豪的荣誉。

侗族大歌以其多声部的奇妙组合震惊世界，作为一种民间音乐，其结构的复杂至今仍是世界音乐界没法破译的谜。小黄村内有许多不同年龄层次的歌队，各种歌队于侗歌演唱风格方面均有独创，且各有其成就。尤为感人的是老年妇女歌队，她们用自己对生命的热爱和音乐的灵感编写了侗族音乐最杰出的乐篇《嘎老》。小黄的青年人自编自演的歌舞也非常幽默、诙谐，很受游客的喜爱，我们也不时被逗得笑弯了腰。

小黄与相邻的黎平县黄岗侗寨，只距4公里，现已通村级公路，小黄和黄岗都是侗族大歌的发源地之一。这一片的侗族人，不仅唱大歌，还唱情歌、琵琶歌、蝉歌、牛腿琴歌、木叶歌、踩堂歌、小歌等。小歌是单人唱，包括情歌、山歌、河歌、儿歌、酒歌、琵琶歌、果吉、叙事歌等。

壮家有"饭养身，歌养心"之说，侗家却更是出奇，歌能当"饭"，"一天不唱心头烦"。除了侗族大歌，小黄的舞蹈也非常有趣，是自编自演的，灵感均来源于生活、劳动的创作，让人看了忍俊不禁。虽然没有专业的优美，但确有浓浓的乡土情趣，看过之后，保你乐了几天还忘记不了呢。

小黄的民俗也非常原生态，即使政府在溪边修了公厕，但这里的老乡还是习惯于在鱼塘上的

从江小黄的早晨

木隔如厕方便，并且很大方。见到熟人，你不好意思，他倒落落大方，边拉屎边热情地与你招呼呢。在村寨里，你随时可以看到纺线、酿酒、舂谷等侗族原生态习俗。

高增：侗族国宝鼓楼

高增乡是一个置身于鼓楼、花桥侗寨的侗族行政乡，充满了田园诗意。全乡15000多人，有95%都是侗族，全乡只有一个苗寨，就在我们从占里出来的路边，村口还有IC卡电话。

早在4年前，笔者在考察芭沙苗时就到过高增，2年前笔者把一个国际学术会拉到从江考察时，再次来到高增。因此，对高增的感情是非常深的。高增也是从江县最早开发旅游文化产业的民族乡。到今天，高增乡是从江网上点击率最高的旅游景点。这里的确值得一看：一是这里的服务设施相对从江整个县的旅游景区来说，是最完备的；二是这里在开发前，民俗民风保持得好，破坏不大；三是从江现今开发的景区，只有高增有旅游班车，一日两班进出，这对背包族来说，是最佳的选择。

高增还是一个侗歌之乡。这里有"汉家有吃不完的饭，侗家有唱不完的歌"类似以歌当饭的俗语。高增分管旅游的孟副乡长不仅是个帅小伙，还是一个说话非常幽默机智、能屈能伸的侗乡人。他一路上陪着我们又说又笑，硬是把我们大家说得前仰后翻，笑得喘不过气来。回到县城，笔者特别在住店的小吃店请这位劳累了一天的副乡长吃了一顿，大家竟然成了坦诚的好朋友。

占里：儿女成双代代传的神秘侗寨

占里被当地人自称为全国计划生育第一村。早在4年前到从江采风时，就听当时旅游局局长石朝玉讲过，那次就迫不及待地想去看。只是苦于路不通，要走30多公里的山路，时间有限，只

好作罢。2年前再次到从江，还想着去占里，又因为带着百十来位各种肤色的专家学者，不能溜号而痛失机会。这次行走侗乡，只有我们几个人，笔者抱着"我不下地狱，谁下地狱"的悲壮情怀，大大准备"劳其筋骨"一番，走进那个早在千百年前就自觉进行人口控制，一对夫妻只能生一男一女，传说用"换花草"生育的神秘的占里侗寨。谁知到了小黄才知道，去占里根本就用不着自我牺牲。占里距离小黄只有12公里，而且路都修通了。孟副乡长介绍说，这里的村民用一种祖先传下来的"换花草"可调节生男生女、控制人口，1950年全村120人，到1997年仍是120人，近50年间全村人口为零增长。"一棵树上一窝雀，多了一窝就挨饿"，这首侗歌道出了占里人自觉控制人

占里侗寨

占里森林中的祭祀场景

老人闲暇时在纺布，寨里到处都是织布声

口增长的强烈意识。

我们的吉普车在一个转弯处停了下来，这里挨着山腰的是一座清朝的古墓，空心石雕非常精美大气。公路对面有几棵古树，树下是老根和石头"凳子"。小孟告诉我们，从这里下山也可进寨，沿路还可以看到原始森林和一座具有侗族特征的凉亭，亭子一头插着祭祀的幡杖，是占里人生育男女双胎之后来还愿谢神的祭祀场所。车子也可以直接开进占里村的桥边。于是我们选择了步行下山。

走过一片高密的古藤森林羊肠小道，我们远远就看到山脚下有一座古旧凉亭，笔者对凉亭太熟悉了，这是侗家人走远路歇脚休息的地方，走过凉亭，一头出山，一头下山进寨。特别引人注意的是亭子一头那祭祀的盒幡，叉口处都挂满了猪头嘴的骨骸。一个人进山，胆儿小的，还真有几分恐怖呢。下山之后看到沿着一条小溪依山而居的山寨，那就是神秘的占里侗寨了。进寨时遇到一个8岁的小姑娘，正出寨找玩得不知回家的弟弟。我这才发现占里不仅神秘，还是一个美人寨呢。这里的小姑娘一个个长得非常漂亮、秀气。

真是一方山水养一方人。孟副乡长正好要找一位扶贫助学对象，于是赶早不如赶巧了，就把这个小姑娘当作自己扶贫助学的对象了。

我们走进神秘的占里侗寨，寨子里不见成年人，都进山劳作去了，家里的门开着，但大多数人家没有人。只有寨子里的路上不时走过一对对、一双双年龄不等的童男童女，一看就知道是兄妹或姐弟。也有女娃和女娃、男孩和男孩一起玩的。一大包水果糖就把寨子里的老人和孩子们哄拢来了。我们在鼓楼对面的民居屋檐下，与孩子们和老人聊了起来。通过孟副乡长的翻译，我们才得知为了探出占里计划生育的奥秘，曾有一对学生命遗传学的法国夫妻在占里住了一年，但还是没法讨得那两位传承秘笈老太太的只字片语。曾有联合国的官员来做工作，想让他们贡献出秘方，服务人类，并承诺帮占里申请专利，但还是得不到一字秘方。祖传就是祖传，且只对占里村民公开。这是祖宗的遗训，占里后人传承得十分坚定。采访结束，我们还得知，占里解放以来（历史上也一样），从未发生过刑事案件，这里的老人平均寿命80多岁。

美丽侗乡
——榕江

榕江: 千年榕树万人迷的地方

　　美丽的都柳江上有一个美丽的侗乡——榕江。这儿的侗族, 服装最美, 歌舞最美。榕江有一个多情的月亮山和美丽的雷公山, 群山苍茫而巍峨, 江河纵横而跌宕, 森林覆盖率达69%。榕江人的审美观也非常特别。

　　早在三国时期, 柯之古州(榕江在内)归入蜀汉。诸葛亮率兵南征, 在这里留下不少的踪迹, 至今榕江还有一些地名叫诸葛台、诸葛洞、(诸葛)斩龙坳、孔明山等。清朝时期惊动朝野的"雍乾起义", 起义地也在榕江。清兵驻守贵州南部的总兵署设在榕江几百年, 至今仍保存着"总兵署"古衙门建筑群。在榕江的乡下, 比如寨蒿镇还保留有卫城旧城的地名等, 这里叫屯、铺的地名很多, 都与历史上的战争有关。榕江正式成立古州厅是在清雍正八年(公元1730年), 1913年改为榕江县。

车江大寨: 侗族祖源文化之地

　　车江侗寨位于榕江县城东面4公里处, 过车江大桥步行可至, 搭慢慢游只要5元。车江侗寨由三四个大小不一的侗寨组成, 分上、中、下三个宝寨, 合称"三宝侗寨"; 著名的是寨头村和章鲁村,

大利寨

章鲁村是侗族语言标准语音的搜集、标音之地。车江侗寨中保留着完好的侗族生活场景, 家家务农, 户户纺纱, 寨头村中有最古老的供奉侗族祖先的"萨堂"庙。车江是全国最大的侗族聚居地之一, 共有侗族2467户, 13197人。 三宝侗寨里的章鲁村又称"四村", 是《珠郎娘美》的拍摄地。其中古榕风景名胜区为省级风景名胜区, 有数百株百年古

宰荡侗寨

榕群,还有世界最高的三宝鼓楼及三宝千户侗寨等主要景观。萨玛节是南部侗族现在最古老而盛大的传统节日,其祭萨仪式传统神秘,活动气氛热烈,场面庞大,颇具吸引力。榕江旅游打"祖源文化"也源于此。这里商业化程度较高,除了要收取门票外,还有不少出售纪念品的摊铺,并出现游船、度假村、餐厅、风情园之类的旅游设施,已成为侗乡较成熟的"景点"之一,连榕江县城的百姓们节假日也会来这里玩。

宰荡:小桥流水人家

宰荡村距县城25公里,为侗族大歌之乡,距黎榕公路只有6公里,两个村共有500多户,2400余人,皆为侗族。宰荡侗寨在从榕江东行往黎平的路边,公路左右同时有两个岔路口进村,从榕江方向出来,左边是去大利侗寨的路,右边就是去宰荡的村道,岔路口到宰荡有6公里。那天好不容易找了一辆农用车,但因日前下过雨,山路都是烂泥路。

民族百科知识

榕江侗族

榕江侗族有三宝、宰荡、晚寨（四十八寨）、乐里（七十二寨）、乔来等近10个支系。榕江的侗族于苗族之后进入榕江,现有8个支系,是黔东南州侗族支系最多的县,上世纪50年代中期国家民委创造的侗文,都是以车江章鲁村的语言作为标准音而创建的。侗族大歌、琵琶歌、行歌坐夜、爬窗对歌和珠郎娘美等侗戏是八百里侗乡的艺术奇葩。

宰荡侗寨以侗族大歌闻名。侗族大歌是侗家独有的多人分声部无伴奏大合唱，没有经过任何专业合唱训练的侗家人，凭着天生对音乐的敏感，将自己对生活的种种感悟，通过歌声表达，高音部、低音部、混声、和声、轮唱、花腔等等种种唱法被发挥得淋漓尽致，荡气回肠之余几乎让人怀疑自己置身维也纳的音乐殿堂。宰荡的侗族大歌还代表国家出访过欧美等国，所到之处引起的热烈反响，让国人也为之动容。

宰荡主要看点：侗族四合院特色民居、鼓楼、花桥、青石板古道、侗族大歌等民俗和400年树龄的古楠木，古枫树群及村寨与山水的完美结合。

宰荡的侗族属于榕江县侗族六大支系中的苗兰宰洞族支系。徒步进寨，沿途风景不错。宰荡村子挺大，有一座很漂亮的鼓楼。到宰荡听歌，不是随时都可以听到的，因为年轻人都出门打工了，只有在校读书的初中生和老年人留守，所以想听大歌，最好在春节来。

大利：侗寨侗俗侗歌

大利是榕江车江——宰荡一条线上的一个民俗地理亮点，主要展示鼓楼、花桥、民居等建筑文化精华与侗族大歌、琵琶歌等音乐文化经典，以及祭萨、哆耶、行歌坐夜等侗族传统习俗，同时可以饱览与人居环境相和谐的古榕群、古楠木群、古枫

榕江古侗寨

民间故事

三宝传说

传说侗族历史上有一个机智人物叫卜贯。有一年天大旱，车江坝里的水稻都快干死了，眼看着都江河水滔滔不绝地奔流，却到不了坝上的万亩良田中。这可愁坏了卜贯。一次母亲要他到外婆家送锦布。他走在路上，想到这事，迷迷糊糊地倒在路边又想走了神，别人悄悄的把他枕下的锦布换成竹筒他都不知道，他到外婆家看到水辗想到水辗的转动可以用作水车的功能，于是他回家做起了第一架水车。把江里的水车进田里。再于是侗乡有了自己的水车，再低的水，再高的田，都有了解决水源的办法。锦布换竹筒成了大家的笑话，车江也由此而来。关于三宝另有一个传说。传说车江里原有三个不同深度的深潭，住着三条贬龙。有一年下了九天九夜的大雨，洪水滔天，三条龙乘机归回东海，因对当地人的养育之情，留下三个宝。

树群等奇观。

大利从与宰荡对面的路口进去，4公里即到。去大利的山路上，要下一座山，一条青石板的下山石梯会把你带出古树遮天、茂密如云的森林，很容易就找到山窝窝里的大利村。这是一个非常悠闲静雅的侗寨，一条小溪上排着五六座小花桥。侗民们与世无争地生活在这里，你与他们擦肩而过，他们会热情地与你打招呼。这里服饰与七十二寨的服饰相像，很优美、雍容。寨子里的建筑也很漂亮，有许多门窗还雕着花。

这里有好多古楠树。路边有一棵两枝共一根的古树，让人立马想到"本是同根生，相煎何太急"的名句，兄弟血浓于水的情感油然而生。村头还有一棵六七人都抱不住的古楠树。这棵古楠树还有一个悲凉的爱情故事呢。传说古楠树成了精，天天听到寨子里的人唱大歌，歌声太感人了。于是他变成一个英俊的小伙子，到寨子里跟其他人一样尽情玩乐，还到别的寨子去围耶，招来许多姑娘的爱慕。多情的姑娘把心爱的花带、鞋子送给他作定情信物，但他却从不说自己的姓名和住处，问急了就说是大利人。有一个寨子的姑娘爱上他，勇敢地找上了门。然而访遍大利寨，也没见到他。结果姑娘伤心失望地离开大利，当她从森林中走过时，无意间发现路边一棵古楠树上挂着她送给情郎的花带和鞋。姑娘伤心欲绝，古树也痛苦得落下一地树叶。姑娘怎么也舍不得树精小伙，结果自己也变成一棵古楠树。

寨蒿：侗乡椎髻女

寨蒿是中国民间绣工滚绣的最后一个汉族"镇"地。笔者走遍侗乡，几乎绝迹的滚绣，在这里（包括七十二寨），竟然人人会绣。值得一提的是，滚绣多为少数民族绝活，然而寨蒿的汉族妇女，长期与侗族同饮一江水，共同的生活使得寨蒿成了至少是西南、中南地区现存的唯一一个"滚绣镇"。用"滚绣"名一座镇，一点也不夸张。

寨蒿镇位于寨蒿河畔，寨蒿河是榕江的第二大河，是都柳江的上游支河。

寨蒿镇有21个行政村，1个居委会。旧时这里是戍边的卫城，还是古商贸水路的转运站，所以镇上汉族人较多，还有几个古会馆遗址呢。我们在寨蒿住了一晚，傍晚走在镇

美丽的侗家姑娘

街上,发现家家户户妇女们都在三五成群地边绣花边聊天。在卫城桥头看到一群年轻妇女围着一位老年妇女学刺绣,凑上去才得知,那是位民间刺绣老艺人。她叫宋光芝,是尹录华的老伴,生在这个镇上,嫁在这个镇上。七十多年的风风雨雨,染白了她的头发,也练成了一手的绝活。不论滚绣、刺绣、挑绣,她样样在行。听镇上的妇女们说,宋大妈带出的徒弟有上百个。宋大妈还拿出她亲手刺绣的娃娃背带,与侗族款式无二。这条背带背了她的4个儿女和2个孙子,还想留着背第四代孙呢。见笔者爱不释手,爽快的宋大妈,把这条背带送给了笔者,让我既兴奋又感动。这让我想起清代一位文人写的:"侗乡椎髻女,亦有巧妇人"。也许百年前侗乡所有的妇女都是惠心巧手,现在只是某些手艺失传了,而寨蒿妇女却一直保存下来,才使得巧夺天工的技艺在百花园中形成一枝独秀的魅力。

晚寨:大歌唱进中南海

早在十多年前,笔者接触侗族文化时,就知道榕江有个晚寨。晚寨是寨蒿镇的一个自然侗寨。晚寨的侗族琵琶歌,在上世纪50年代就唱到北京,唱进中南海,毛主席还赞美不绝哩。

晚寨是一个美丽的侗寨,依山而建,创造了许多人文景观。侗族的吊脚楼在这里得到最充分的发挥。晚寨的美还在于晚寨妇女美丽的服饰与头饰,大有皇家贵妃之风范。

乐里平村侗寨

○一二 榕江

晚寨过去叫挽寨，是挽留的意思。晚寨小学的那位漂亮精干的吴老师告诉我们，晚寨的祖先是黎平府人，本想迁到山下水边居住，路过晚寨时，被县令拦住了，说这里有上好的田土和水源，山虽高却能开田，只要他们能留下来居住，开荒种地都是自己的，还免他们的田税等。这样他们的祖先便留下来建寨，挽寨也由此而来。由于挽寨的人非常辛苦，早出晚归，后人又把挽寨叫晚寨。说到琵琶歌，吴老师自豪地告诉我们，她家几代都是歌师，她的婶婶就是进北京给毛主席唱大歌的歌手哩。

晚寨有个非常壮观的瀑布，落差很大，瀑布飞浅起的水雾，使得远在几十米外的镜头上都布满了雾气。山下还有座小花桥，是专为步行进晚寨的人修建的。现在村级公路修到村口，但是路况很差，都是烂泥路。不下雨，自驾车可以进寨，如果下雨，就是农用车也进不去。

本里：绣出来的嫁妆

本里是榕江县七十二侗寨中的一个代表侗寨，由5个自然村寨3000多人组成。本里距乐里乡只有2公里，就在路边。村口并不显眼，细长巷似的，然而走进去，如同走进了博物馆里。这里的妇女发式和服饰都是最为讲究的。看了七十二寨的服饰，就不想再看其他地方的服饰了。美丽得我们一时都找不到什么词句来形容。没有文化的七十二寨妇女，却有着天生的美感和欣赏能力。那姑娘们白色右襟衣的边口上滚绣着紫色的花边，小姑娘滚绣着果绿色的衬边，中老

年却在黑白、蓝色之间选择色彩搭配。多么协调，多么艳丽，多么雍容富丽。还有那头上梳得一丝不乱的青青发丝，不能不叫人赞不绝口。

本里的侗族妇女个个都有一手流绣和刺绣的好手艺。从七八岁开始，就跟着母亲或姐姐学绣花，一直绣到出嫁的年龄，才能把自己出嫁的嫁妆绣完，绣出的衣服几十年都穿不完。

本里一带婚俗最有特点的是：爬独木谈爱。我们在本里村看到一位小伙子想邀自己心爱的姑娘去赶集，乘机谈情说爱。在伙伴的帮助下，正爬上一根独木梯，在姑娘的窗前唱着情歌哩。我们不敢靠近，远远用相机捕捉感人的镜头。结果寨里的男人笑道，没关系，她家的人看着都无所谓，你尽管去看。说得我们倒不好意思了。我们到了姑娘家，姑娘其实早已穿好盛装，只是一时还拉不下面子，不肯出门。我问她们，一般小伙子要唱多少天的情歌，才与他约会？姑娘们笑了，那要看喜不喜欢他。喜欢的，唱上一年半载的，就跟着出门玩山去了。不喜欢的，就是唱上三五年也不会开窗见面。事后，我问村支书，支书不好意思的笑了，他的婆娘，也是爬了一两百次独木才开窗同意的哩。我问最能打动姑娘芳心的情歌是什么，支书想了想，满脸绯红的说："《想妹想得心发慌》呗"，说得我们哈哈大笑。

独具民族特色的绣花鞋

侗文化长廊——怀化

湖南侗族集中聚居在湘黔桂交界地区，即湘西南一带。湖南侗族近90万人口，怀化市的通道、新晃、芷江、靖州、会同、洪江等县市占了95%，邵阳的城步、绥宁占5%。怀化是一个山清水秀的城市，阳春白雪与下里巴人在这里同时展示着自己的艺术生命；怀化是一座商贸中转城市，大亨与小贩在这里同时寻找黄金腹地；怀化是一座名城，寻找刺激与城南怀旧同时在这里寻觅心灵的碰撞。

怀化的历史不长，怀化前身是黔阳，再前身是湘西区委，再前身就是五陵郡和黔中郡了。1952年前，包括湘西自治州、张家界和怀化在内的整个大湘西都是一个地区，统称湘西。1952年分家后成立了湘西苗族土家族自治州和黔阳地区，再以后，张家界从自治州析出，形成现在怀化、湘西、张家界二市一州行政辖区范围。

怀化就是怀化，它是中国侗族的东大门和北大门。

楚越古通道
——通道

竿头：侗族的布达拉宫

　　竿头古寨是通道百里侗文化长廊的起点，隶属于县城所在地的双江镇，距县城9公里，交通十分方便，全寨176户756人，纯侗族。竿头寨是一座沿山而建的侗族山寨，奇异的吊脚楼错落有致，远远望去，如同西藏的布达拉宫。

　　走进竿头寨，寨口有一座清光绪七年（公元1881年）建的塘坪桥和塘头桥呈丁字形分布，过了古桥，一条1.6米宽，由清一色整整齐齐的石板铺成的古驿道，把我们引进古寨。看了路碑简介，才得知这条古驿道整修于明万历年间。仰头望去，50多栋气势恢宏的吊脚楼依山耸立、鳞次栉比。还有许多耸天柱和板壁，经过数百年的烟熏火燎，显得黑亮古老。两座始建于清乾隆五十四年和道光年间的鼓楼，呈方形，九重密檐尖芦笙屋顶，每层檐脊和檐尖塑有龙或凤以及各种飞禽走兽，在侗寨中十分醒目。

　　竿头古寨的萨坛是由四根水桶般粗的圆木柱支着的一个木架，野生的常青藤爬满顶蓬，把顶盖得严严实实。给我带路的是在竿头寨开"漫漫游"（小三轮车）的小伙子，他带着我沿着拾级而上的石板古栈道走巷串户，我数了数古栈道的石阶，足足有108级，呈之字形深入古寨。小伙子告诉我，这

竿头寨的芦笙表演

座依山而建、层层叠叠的吊脚楼叫牙上鼓楼。

　　牙上鼓楼是很有特点的，它建于清乾隆五十四年（公元1789年），三分之二的面积悬空贴岩，鼓楼的一边靠在悬崖上，一边靠长长的吊脚支撑，不用一钉一卯，历时200多年，至今不歪不斜。可见竿头寨的侗族先民是多么的聪明和能干。

　　看过通道的吊脚楼，给我们最强烈的感受是这里的建筑与贵州、广西的侗族吊脚楼、鼓楼风格各异。贵州侗族的民居多是依地而建，山里的吊脚楼也是石头填空，小柱小屋多建在陆地，多只有晒台吊脚。房屋建筑与楚式建筑大多同款；广西侗族建筑多有古越式风格。而通道的侗族建筑很有意思的是整体建筑如越式风格，讲究豪华、方整、大气；而屋内建筑和走廊建筑却是地道的古楚风格，有回廊、窗眼、厅堂等。这种融合了楚越建筑风格于一体形成的南侗建筑艺术，也许就是由通道独特的地理位置所决定的。

传统的芦笙舞

皇都: 夜郎王当年想建都的地方

皇都是夜郎候曾想"建都"的风水宝地，是通道侗族古寨群中较为典型的古寨，与竿头寨相邻，距县城11公里，由头寨、尾寨、盘寨和新寨组成。我去过皇都多次，原来我曾对通道侗族为什么有一个"洋"地名很不理解，后来采访中才得知，"皇都"的由来源于远古时期的夜郎国国王夜郎候择都的故事。

传说夜郎候去滇国经过这里，见这里地广人稀，饭稻羹鱼，地执饶食，无饥馑之患。加上这里民风古朴，夜郎候认为这是建都的风水宝地，于是便

古鼓楼与古码头使阳烂古色古香

对随从和当地百姓说，他将在这里建都。传说归传说，但史书上确实记载了夜郎国被汉武帝取谛之后，夜郎国后人东迁的历史。夜郎国最后的四五百年间也是在湘黔桂交界一带建县至消亡的。

如今的皇都是通道侗族自治县文化村，这里寨容寨貌典型完整，寨有几姓就有几座鼓楼。花桥、鼓楼、凉亭与村寨睦和地表现着南侗风俗。与贵州、广西侗寨不同的是，这里的侗寨多有城池。我们所说的城池不是北方地沟河渠式的城池，而是代表城池的寨门和寨墙。皇都的村民们能歌善舞，歌舞与贵州、广西也有所不同，这里虽然没有侗族大歌，但歌舞多以欢快流畅为主旋律。其"哆耶舞"、"酒歌"、"闹茶"，很快把远方客人的陌生感打消，让人不知不觉精神抖擞参与其中。

被誉为"侗族茅台"的通道苦酒，与广西侗族的糟酒不同，没有广西酒那么甜，而是甜中带苦，香醇可口。不过喝起来爽口，不会喝的要注意哟，醉倒了还不知道哩。1992年我陪导演刘斌为我的电视连续剧《风满吊脚楼》选外景时，不会喝酒的刘导尝了一杯苦酒，直说好喝，连喝几碗，结果醉在侗乡。

在皇都采访时，巧遇路边一家人娶媳妇。于是我们也送了40元红包（四季发财之意）去凑个热闹。原来这里的婚嫁很简单，新娘就是由自家弟弟和一个伴娘陪着走到夫家即算出嫁。夫家的亲戚送了一些粑和糯米及腌鱼肉赶来喝油茶。据说只有等新媳妇生第一个孩子时，才会把结婚的酒和三朝酒一起办。

阳烂: 老农书写侗史的古寨

阳烂是笔者最为欣赏的古侗寨之一，村里只有136户700多人，清一色的大石板连接着各家各户，鼓楼旁的石井是用整个石头掏空做的井壁。村会计龙建云是个文化人，把阳烂写了一本小志，才使我们知道阳烂的历史有多久。

阳烂鼓楼为湖南省文物重点保护单位，始建于清朝乾隆五十二年(公元1787年)，坐落于县城东南26公里的坪坦乡阳烂村口。整座鼓楼坐北朝南，占地面积242平方米，纯木质结构。

阳烂鼓楼分门楼、主楼、后楼和连廊四部分。门楼分三阙重檐式，双阙的立柱均用穿枋与主楼的檐柱连接，组合成一个整体。屋檐采用如意斗拱出跳，使门楼屋顶构成歇山形。主楼为三重阙歇山顶式，青瓦坡屋面，高8.2米，4根象征一年四季的金柱至第三层支撑主楼屋顶面；12根象征着12个月的檐柱至第二层承接二檐挑枋，出跳翘角。主楼二层连廊连接后楼，畅通无阻，形成一个建筑群体，非常别致壮观。

阳烂银匠龙建云是一位了不起的侗家汉子。年近七旬的老人，一双巧手不仅会打银饰，而且仅只有小学4年级文化的他，硬是用半侗半汉文字，汉字记侗音等方式，花了8年时间把《阳烂村俗志》写完了。可怜的是，老人写完村俗志也没地方出版，

阳烂歇凉的老人们

只能放在家里。我们认识龙建云老人也是因为行走侗乡走到阳烂寨，村支书见我们是来采访民俗，就把我们带到老龙的家里，告诉我们，村里的老秀才是银匠龙建云。这样我们拜访了老龙，老龙见到我们学者就像见到亲人，大有相见恨晚的感慨。他把花了8年心血写成的《阳烂村俗志》拿出来给我看。看到那一页页用发黄的旧信纸和学生剩余课本写成的村俗志，捧着几乎一碰即烂的手写本，我的眼眶湿润了。我们在大会小会电视报纸上大喊抢救非物质文化遗产，却不见几件有价值的实事，而就是这位老实的侗乡农民，用犁田打银器的手，把一个古村的村俗写成了志书，却无人问津。心里一发热，我向老龙承诺，想办法把他写的村俗志变成铅印本保存。一年多以后，我终于完成了心愿，把《古侗阳烂村俗志》做成了书册。

侗人心中圣地
——靖州

靖州苗族侗族自治县为怀化市南三县（会同、靖州、通道）之一，距怀化市140多公里。早在3万—5万年前就有人类活动，在靖州斗蓬坡文化遗址出土的3500—5000年前的文物中，就有与现今苗侗农民用来装饭的饭篓一模一样的古陶饭篓文物。夏商和西周，靖州为要服之地。唐代中期，这里的少数民族自封为诚州，到宋代初期，朝廷正式封其为羁縻州，到宋崇宁二年（公元1103年）改诚州为靖州。自此，靖州便在中国的历史上留了一页。

从靖山起到贵州锦屏终，根据侗族语言的分类，这条线成为中国侗族南部侗族方言区和北部侗族方言区的"三八线"，简称南侗北侗。在靖州，有南侗的服饰和琵琶音乐、习俗和方言，还有北侗的建筑和方言。南北文化在这里交融，给靖州披上一件神秘的面纱。

飞山: 祭祀杨再思之地

靖州城郊有座大山，平地而起的山顶上又拔地耸立着一座更高的山峰，远看像母亲的乳房，是那么神圣和亲切，那就是中国侗族人民心目中的布达拉宫——飞山。飞山位于城西，距县城1公里，海拔700米，历代为兵家必争之地。飞山形如钟鼎，又似皇冠，山陡顶平，良田百顷。飞山之所以闻名，是因为它是唐朝五溪十峒款首（首领）杨再思的府地。当年朝廷剿苗时围剿三年，仍伤不了杨再思和他的少数民族武装半根毛发，反而形成了在中国历史上赫赫有名的"飞山蛮"集团。继而只能以蛮治蛮，用羁縻政策把

飞山上的寺庙，可供住宿

杨再思封为土官。杨再思的七子正岩,又将"飞山蛮"的统治范围扩展到湘西、黔东南、鄂西、桂北等广大地区。杨再思团结各州少数民族归顺朝廷,因治国安邦功勋卓著,被先后追封为"威远侯"、"英济侯"、"广惠侯"。死后,五溪之地各民族,尤其是本民族侗族,敬其为神灵或尊为祖先,建寺供奉。那座山上有湖有田的飞山则成了侗族人民心目中的布达拉宫。

飞山上有三个小山头,那座最高的直耸云端的叫大宝鼎,现在修建了电视插转站的地方叫二宝鼎,对面一条小径直上的古寺旧址叫三宝鼎。三宝鼎之下就是一片空旷平地。这也是1000多年前,朝廷为什么围了三年也动不了杨再思的根本原因。飞山上有一座寺庙,宋淳熙甲辰年(公元1185年)以前是祭祀杨再思的飞山庙,是当时的靖州知府孙显祖将其移置县城西门外的。山上的寺庙现在仍在敬奉着杨再思,还有和尚和客房,借宿一晚5元,跟着和尚吃斋饭。

飞山山腰上有个白云洞,供观音。我们去时正在修缮,据说这里香火旺盛,庙后有个水井,飞山不老泉就是从这里喷出来的。

飞山还有"飞来之隅"之说。传说有一神人(也有说是皇帝的)赶路遇上群山拦路。转路走又太费时间,于是就把山赶走。路过靖州时,一孩童见天上飞过一片山,就用牛鞭打了一下,落下一角到田埂里,剩下的山被赶到广西成了现在的十万大山,而落下的这块便成了飞山。

传说中杨姓的先祖——杨再思

新厂:侗乡红色纪念地

红六军团西征第一个胜仗是在哪里取胜的?是在靖州新厂。

1933年9月,井岗山第五次反围剿失败后,中央红军按即定方针,以湘西南部的洪江为中心重新建立新的根据地。于是,1934年8月红六军团先从江西遂川突围撤出,深入湘西一带,牵制敌人,策应中央红军(红一方面军)突围长征。9月15日,任弼时、肖克、王震领导的红六军团9000多人拟攻靖县县城,遭到黔敌周芳仁旅、湘敌杨石松部的堵截,回师通道杉木桥,于17日占领通道县城。18日清晨乘国民党湘桂两军尚未会合形成夹击之势,迅速撤离通道县城向靖州新厂急进。桂军廖磊部和湘军李觉部在通道附近的龙尾巴相遇,因当天晨雾太大,分不清敌我,廖李部相互打了起来,双方死伤不少,桂军更惨。于是廖李部在通道停下来扯皮。红六军团乘隙从容进抵靖州新厂。湘军何平的补充第二总队三、四团由靖县赶到通道扑空后,见廖李还在扯皮,想抢头功,于是径直向新厂扑来。红六军团从根据地撤下来后,一路被国民党军尾追堵截,难得遇到国民党军孤军深入。于是为了鼓舞士气、补充枪支弹药,决定在新厂打一场硬仗。于是有了红六军团西征的第一个胜仗。这次战斗,击溃湘敌一个纵队、毙敌200余人、俘敌300余人,缴获长短枪300余支,取得重大胜利。这次胜利大挫国民党军队的威风,使其不再敢轻意尾追红军,从而红六军团从容进入贵州黎平。

湘西古夜郎——新晃

新晃是北侗唯一一个早在唐贞观八年就以"夜郎"命名的古县，位于湖南西部的西陲，隶属湖南省怀化市。

湘黔铁路、上昆公路从东至西贯穿新晃境内，距芷江飞机场60公里，铜仁机场80多公里。自古以来就是沅江有名的商埠之一，是"湘黔通衢"之地。全县近25万人口，侗族占了76.1%。

新晃侗族自治县除了东面与芷江侗族自治县接壤外，南、西、北三面与贵州省铜仁地区的玉屏县、万山特区的高楼坪、黄道司和黔东南苗族侗族自治州的天柱县、镇远县、三穗县交界。因为这一带是我研究侗族稻作文化的考察基地，长年田间作业，所以特别熟，不用翻县志和地图就能准确无误的写出来。

龙溪口古商镇

龙溪口是明清时侗乡第一座美丽的水上商埠。龙溪口取龙溪入潕水河的入口之意。

"龙溪只在龙标上，秋月孤山两相向。谴谪离心是丈夫，鸿恩共待春江涨"。这首《送崔参军往龙溪》的七绝诗，是唐代七绝诗人王昌龄贬为龙标县尉之后，在龙标（今洪江市黔城）送别左迁龙溪的崔参军所写的，足见早在唐朝龙溪就如此闻名。

龙溪之所以叫龙溪还有一个感人的传说呢。传说很久以前潕水河里有黄龙和青龙两条龙，就住在龙溪这个地方的山洞里修炼。黄龙生性顽劣，青龙善良朴实。黄龙没事就翻云吐水，那铺天盖地的黄泥水把禾苗和人们弄得生灵涂炭，怨声载道。青龙一再劝阻，黄龙才有所收敛。有一年两条龙已修炼了999年，只差一年便可修成正果了。谁知这一年遇上百年不遇的大旱。青龙想救助苍生，于是吐出清澈的水，但黄龙却把青龙吐出的水都吸进自己的肚里。青龙没办法就想到天上去集云囤雾，但这样做就会使尽功力，前功尽弃。他把想法对黄龙说了，黄龙窃喜，但还是惺惺作态的说自己去布雨。青龙说黄龙布的雨都是泥水，会起反作用，只能自己去。可是黄龙干脆把洞口堵住，不让青龙出洞。青龙救人求雨心切，死劲一拱，山崩坡裂，青龙腾空而起，黄龙落荒而逃，青龙终于把甘露洒向人间。万物万民得救了，但青龙原来藏身的地方变成了一条河，从此人们就把它叫做龙溪，并把龙溪视为有青龙庇护的地方，是湘西之尾，黔东之头，南北通衢之地。久

地理知识百科

湘西剿匪遗堡

记载着湘西剿匪悲壮历史的湘西剿匪遗堡在玉屏至新晃的路边小坡上。与新晃汞矿对面，与黄公屯隔河相望。

这座小山坡被青翠的树木环绕着，山坡像弹头，居高临下，一边湘黔公路从脚下穿过，公路旁就是潕水河；一边是进山里面几个乡的山道。我们走过几丘旱地，小山坡顶部的雕堡便暴露无遗地展现在我们面前。说实话，这也是我生平第一次亲眼看到没加任何修饰和整理过的湘西剿匪遗留下来的战堡。

半个多世纪过去了，岁月的蚕蚀，使这泥筑的雕堡塌了一个大口子。大约有二屋楼高的雕堡，上下三排枪眼和哨眼，墙上残留下的硝烟黑壁，以及被大火烧过的残破头，使人想到枪林弹雨的战争年代。

| 地　名 ◎ 新晃、龙溪口、黄公屯、夜郎谷、石凉亭
| 关键词 ◎ 古商镇、古战场、夜郎谷漂流

新晃画眉节上斗鸟

而久之，这里便形成了商埠。清代嘉庆二十二年任晃州厅训导的梅峄在他的《晃州八景》中所描写的龙溪口是如此一番景致："龙溪一哄气霏霏，数到墟期未肯违。地接滇黔通百货，人传朱顿敞千扉。杏花雨湿园丁鼓，杨柳风披客子衣。遥指夕阳人影散，谁家官舫又归来。"龙溪口除了是商品、物资的集散地，还是周边两省三区有名的牛市。

晃州人有一个民族特性，就是做什么事都讲究一个情，万事只怕伤感情。即使做生意，也只动手，不动嘴。在龙溪口河边的集市牛场上，买卖牛是通过捏手指来传达双方议价的。老人说不侃价，一是怕牛听到，对不起牛的辛劳；二是价钱说不好，直接伤了感情。所以约定俗成形成了打手势、捏手势的习俗。如果你到牛市去，留心看一看，很有意思的。卖

主把买主的手指捏住示价,母指代表5,其他各为1,如果同时把母指和中指、食指都捏住,就代表7。为了区分大数和小数,嘴上要补充,这个的娘,这个的崽,这个的背崽什么的,总之不当面点破。牛市上有专职的"经纪人",经纪人不但谙熟行情,对牛性也非常熟悉。只要拍拍牛的腰,就知道牛的健康情况;看看牛的牙,就知道牛的年龄。过去的"经纪人"非常公道,深得买卖双方的信任。每次做成一笔牛生意,双方都会买一斤猪肉感谢经纪人。小时候就听外婆说,龙溪口过去也叫贵州街,因为到这里做买卖的多是从贵州来的人。

"买醉人归旧酒楼,洞箫吹堕一江秋;坡公有赋谁能续,不到黄州到晃州。" 可见当时龙溪商埠还吸引了不少文人墨客,谦谦君子、富商豪门,一曲洞箫都能吹堕一江秋色,找想续苏轼赋的人不去黄州要到晃州才找得到。可见这里有多少诗词歌赋啊。

新晃龙溪口的昔日繁华随着公路、铁路和水电站的建成,成了历史的一处古堡,但无论岁月怎么侵蚀风化,龙溪口的豪门霸气仍旧依然。如今倒成了人们寻找商埠古韵的观光旅游处。

黄公屯古战场

在新晃,人们对古时兵家屯兵驻营的地方叫古营盘。新晃的古营盘有许多处,这是因为新晃的特殊地理位置所决定的。中国历史上许多著名的战争和事件都在这里留下了永久的痕迹,与这里有着千

新晃北侗民居

丝万缕的情结。黄公屯就是其中一座古兵屯。

　　黄公屯就在离县城约5公里的方家屯乡，远远看到田坝尽头的群山(坡)中有两座形似两头雌雄狮子的山就是黄公屯了。山的这边是大树湾村，山的那边是石坞溪村。

　　第一次爬黄公屯，是在2003年的11月，新晃县宣传部黄副部长和旅游局卿局长以及另外几位朋友陪笔者一道上的山，从石坞溪方向上山，爬了约五六百米的山坡，快到山顶时，有悬崖的地方出现了一排排用岩石垒起来的掩体，随山盘旋。这样的掩体一看就是战争时期的战壕，与我在黔阳(今洪江市)八面山上找到的李自成屯兵的屯堡壕一模一样，很有些年代了。有的地方早已塌方，风化了的石头墙壁上长满了荆棘和灌木。

　　爬了约半个多小时，我们在其中一座狮子头上胜利会师。站在绝壁顶上，俯视山下，顿时感受到黄公屯有"刺破青天锷未残"的伟大。也难怪历代兵家总把这里当作扼锁西南的颈口阵地。

　　石峰下是从贵州方向流下来的川流不息的河水，还有湘黔公路从眼皮底下穿过。峰身虽然是岩石陡壁，但石峰腰身却生长着青翠欲滴的林木和奇花异草。此时此刻，我们站在岩顶巅尖，很有一股豪气从心底升起。从新晃去黄公屯，可以坐慢慢游3元送到河边，或搭去玉屏的班车，1元到河边下。

神秘的夜郎谷

　　"伸手遏云云不住，云拂人面踩云间"这种飘飘欲仙的感觉，就是在夜郎谷体会到的。新晃古夜郎县景区风光秀丽、重峦叠嶂、奇峰异石，最为神

闻名遐迩的黄公屯

奇的是夜郎谷，走进夜郎谷，有一种"到山不知门何处，怀璞不欲外人知"的神秘感。

　　夜郎谷位于新晃侗族自治县与贵州万山特区接壤的风景区内。这里的地理位置也非常特殊，新晃这边是湖南最西部，贵州那头是贵州的最东部，是东头西尾的结合部。还有一个非常特别之处就是这里的山峡还是云贵高原苗岭山脉东延末端、雪峰山脉以西、武陵山脉以南的结合部。特殊的地理环境、自然的天地结合，吸天地精华之灵气，使得这里的山川格外秀丽神奇。

　　夜郎谷的气候温和，雨量充沛，景色诱人。整个峡谷属于喀斯特地貌，由于元古界上震旦系亿万

北侗风雨桥

年的地壳运动,地貌受地质构造制约,风化剥蚀和流水切割强烈,山体的陡壁层状如砖层,一层层叠垒成的岩石,有一大群山体面积,这一独特的亿万年地质现象,使峡谷拥有了中国乃至世界鲜见的远古天然博物馆。人们可以在夜郎谷亲眼目睹地球亿万年运动形成的过程和地质现象。还有什么比这里更神奇的呢?堪称天下一绝。

夜郎谷的主要景点有以下几处:骆驼峰、三太子(夜郎侯三儿)神像、太白飞瀑、神壁群仙、将军岩、望夫岩等。一个美景有一个美丽的传说。

在夜郎谷中除此之外,还有许多传奇的景点石山。如顶上骆驼峰、唐僧拜佛、千阶石、赶山老人、夜郎古国古城堡、神龟浮水、三柱香、水帘洞、红月照天、金鼠窜岭、巨蟒出洞、古塔定猴、熊猫下山、及猪糟洞风光、大客寨风光、冷风城林区等名胜景点。

游过夜郎谷的朋友说夜郎谷是"有世界级的文化背景、有世界级的幽谷景观、有最优质的地下水作漂流、有完整的生态环境"的地方。在夜郎谷漂流"刺激、浪漫、有惊无险"是一种超现实的自然享受。"

奇绝的石凉亭

说到侗族的花桥、凉亭,人们会马上想起那河

凉亭是侗乡又一美丽的风景线

有多宽，桥有多长，不用一钉一卯木榫而成的建筑史上一绝。可人们不会想到在北部侗族的新晃，在这古夜郎之地，桥亭文化上还有一绝，就是新晃县中寨的石凉亭。

中寨的石凉亭绝就绝在整个廊桥建筑式的凉亭，竟是单层石结构，长10.8米，宽4.4米，高约4米，占地面积47.52平方米。亭分四扇，由16根直径0.25米的棱石柱支撑，柱上镌刻有花草及对联，四周以石为壁等全部是石块和石柱自榫而成，且有140多年的历史了。顶为木结构，原来有翘角，民国复修时改成平顶。

中寨的这座石凉亭，大梁正中绘有一幅太极图，两侧彩绘龙凤。亭正中两扇为行人过道，左右两扇为行人憩息处，并置有石条凳。这座凉亭上共镌刻有10幅对联，词意通俗而风趣，外壁依方向刻有"东衍新村"、"西耸岑翰"、"南峙黔峰"、"北撑楚岫"，生动形象地把这座石凉亭的特殊地理位置讲得明明白白，一目了然。

中寨石凉亭又称培元亭。至于培元二字怎么得来，一时无法去寻根问底，但这座凉亭置于中寨，地处边远，但却是文人墨客狂歌浪诗的地方。如凉亭落成时，有附歌一首。如果换作今日，或不足为奇，因为国家九年义务制教育遍及山村。但是置于清代，又是在这僻野群山之中的地方，就难能可贵了。

古今两神农
——洪江

芙蓉楼正门

洪江市隶属怀化市，与洪江区分别为两个县级市和区。洪江市原为黔阳县，是7800年前中国农耕祭祀文化出土之地，无巧不成书的是，与高庙一水相望的沅河对岸，就是原安江农校。被誉为当代神农、一粒种子改变一个世界的杂交水稻之父袁隆平院士，当年研究杂交水稻就是从这里走向世界的。

黔城：王昌龄和芙蓉楼

唐代七绝诗人王昌龄贬为县尉的唐朝古龙标县地，与古商城洪江(区)的关系如同现在的北京与上海。黔城为县衙之地，古商城为商贸之地。一水相依，上下接源，现为洪江市政府所在地。黔城以"芙蓉楼"出名，芙蓉楼为国家旅游局推出的"中华民族第一旅游文化走廊"中的一个景点。

芙蓉楼座落在距洪江一水相依相邻的古龙标县城，今洪江市黔城镇，离洪江古商城23公里。芙蓉楼为古典园林建筑，背阁临江，依林踞地，是唐代著名诗人王昌龄宴宾送客之处，为历代文人墨客吟诗作画之地。芙蓉楼大门楹上是楷书"龙标胜迹"四个大字，中心有个指南针，下是一幅"王少伯送客图"浮雕。门两侧塑有花草鸟兽。进大门，院内古木参天，楼台亭阁掩映在绿阴深处，十分幽雅、文致。

我们现在看到的芙蓉楼主楼只有200多年的历史，为清朝县令敬仰王昌龄而重建。王昌龄那时吟诗会友的芙蓉楼在清之前毁于战乱。

送客亭耸立于芙蓉楼览胜门外的右边，在芙蓉潭岩上。楼亭飞檐翘角，古色古香，临江伴月。送客亭原为王昌龄送客临别的凉亭。《王昌龄芙蓉楼送辛渐》："寒雨连江夜入吴，平明送客楚山孤。洛阳亲友如相问，一片冰心在玉壶。"据有关资料说，就是在此亭写的。送客亭两柱的对联是："名花好共题诗句，寒雨曾经送客舟"，是清道光年间王诰所撰。原亭因年代久远，早在清代以前荒废。此亭是清嘉庆二十年县令曾珏重新修复的，修复的送客亭内有石桌凳，供人休息。

芙蓉楼院内有一棵古柏，有1300余年的历史，树高30多米，树冠覆盖面积约25平方米，树围2.8米。据说，这棵古柏是当年王昌龄亲手栽培的。王昌龄喜欢冰清玉洁的芙蓉，也喜欢傲霜斗雪的松柏竹梅。传说有一天龙标下大雪，王昌龄冒着大雪来到芙蓉楼，欣赏着风雪中的梅花和青松。总觉得雪中一景少了一点什么，观看了四周，才知道是少了柏树。于是次年开春，王昌龄亲自找了一株翠柏栽在芙蓉楼院内，就是这棵古柏。

在芙蓉楼院内还有一个亭叫玉壶亭。两柱上的对联"风动铃声穿楼去，月移塔影过江来"，为当代文人沈从文所书。亭内有一碑，碑上刻有王昌龄的名句：一片冰心在玉壶。这一句诗全刻在一个壶形的画里。由著名清代书法家龙启瑞将这句名句篆如壶式，又是著名石匠陈玉生所刻。故被文人称之为"三绝碑"。

在芙蓉楼的后面，有一池塘。池水清澈见底，池内种有水芙蓉(荷花)。传说王昌龄对水芙蓉(荷花)和木芙蓉都十分钟爱。每当月明风和之时，王昌龄都会坐在芙蓉池边吟诗作赋。在黔城，至今还流传着"王昌龄夜遇芙蓉仙子"的动人故事呢。民国时国民党内阁总理熊希龄先生夜游芙蓉楼时，看过芙蓉池，听过故事后，提了两句对联："鱼游水底寻明月，树插石缝遮青天"。此对联由黔城书法家王述邦书在半月亭的柱子上。

地理知识百科

南正街

南正街在黔城古镇的南面。街区总面积1.6万平方米，街长690米，宽3.5米街中间1米用青石板横铺。街区民房仍是明清时期的窨子屋。其中200米至今仍保持原明清时期原样。

南正街宋朝时为茅草屋顶，宝庆元年(1225年)县令饶敏学"易茨以瓦"，明代洪武年间毁于战乱，景泰元年(1450年)复建；成化二年(1484年)增建赞政厅、架阁、库房、常平仓、八字衙门、鼓楼；清雍正6年(1728年)以后不断增建至此。

黔城风貌

芙蓉楼碑廊位于芙蓉楼左侧，全长42米，刊有历代名将、名家、名臣的珍贵书法、篆刻80余方。主要名家有：唐代的颜真卿；宋代的米芾、黄庭坚、岳飞、赵孟頫、苏轼；清代的黄本骥等。

三绝树根雕陈列在芙蓉楼艺术室内，用一尊千年樟树根制作而成。树根最大直径1.98米，高1.54米，总重量约1000公斤。香樟木质芳香四溢。树根上共雕有历史典故30多个，如"八仙过海"、"寿星捧桃"、"太白醉酒"、"水浒传"等，共有100多个栩栩如生、有名有姓的传奇人物和150多个精灵怪禽。此根雕是湖南洞口著名老艺人傅振源用了多年心血精雕细刻而成。

托口古镇

托口古镇是侗人世居古商镇的最后印象。当洪江电站发电前，这里将成为一片汪洋。贵州清水江的水经过这儿，再流下去就变成了沅江。这里曾是洪江古商城的加工厂、仓储之地，古镇、古街、古石巷和古码头，沿街都是。洪江古商城之所以有后来的繁华，是这里的侗族汉子用汗水和血泪筑成的，也是上游贵州侗区的木材和桐油带给古商城的。

一座被现代人遗忘记了的明清古商城，繁荣了上千年，是中国工商业发展历史的一个烙印。商城虽然为汉人所经营，然却是侗苗族地区的木材和桐油浇灌出的富饶之地。

如果说中国原始社会末期的市场交换加速了氏族社会的瓦解，那么周朝的手工业空前的发展，奠定了中国资本主义产生的基础。同时也使处在

古商城——财神巷

滇黔蜀水上瓶口和湘西沅水和巫水有利位置的洪江有了孕育和产生商城的机遇。

 地 理 知 识 百 科

粟裕故居

粟裕故居位于县城北8公里一个叫坪村镇枫木村的地方。门票：8元。不过如果你崇拜将军，很想看粟裕故居但又没有零钱，将军的亲戚也会免费让你参观。故居不大，一个只有几百米面积的大院内分前后两院，但是这座庄园的建筑也是旧里湘西侗族北部有钱人家建筑的缩影，始建于清咸丰年间，至今已有150多年的历史了。当你站在中国常胜将军粟裕大元帅的故居中，可以耳濡目染将军在中国军事史上的辉煌贡献与他功高让贤的美谈。

托口古镇

在春秋时, 私商在诸子各国出现了。尤其是郑国的商人很活跃, 他们的足迹踏遍了黄河和长江流域。那时的商人"能金玉其车, 文错其服", "煮盐业以齐国最为著名, 漆器以楚国最为发达"。而此时的洪江属楚国, 洪江的"洪油"即漆油自古都是楚国主要产品之一。

洪江历史悠久, 夏为古荆之地, 周末隶属于楚, 秦为黔中郡地, 汉为武陵郡镡成县(又龙标、黔阳)地的城池, 古城位于黔城镇沅江的上游20公里的地方, 承接源于贵州、四川、云南的水上交通, 成为西南最繁华的第一古商城。其实这也是我们

地理知识百科

高椅:中国第一村

有人称高椅为"中国第一村"。话虽不敢说得这么死, 但高椅的确是古商贸丝绸之路的一个歇脚站。否则, 这么偏僻的山窝窝里怎么会有这么宝贵整齐的沅水会馆文化? 有那么多当年繁华的古窨子屋和青石板巷呢? 高椅村距洪江城上游10公里, 距会同县城48公里。该村落是一处规模较大、保存完整的明清时期农村民居建筑群。从明代洪武十三年(公元1381年)至清代光绪七年(公元1881年), 500年间先后建造的古建筑104栋, 总建筑面积19416平方米, 被行业专家誉为"中国第一村"。高椅古建筑与洪江古商城、黔城古镇一水相连相邻, 是古代巫水、沅水流域的建筑文化产物。

从文人王炯在他的《滇行日记》中, 对途径洪江时记载的"烟火万家, 称为巨镇"和对洪江所形容的"商贾骈集、货财幅辏、万屋鳞次、帆樯云聚"的词句中想象的情景。

洪江在东汉时期就有汉人迁入, 宋代设砦(同寨), 明代设驿, 是湘黔边境木材、桐油的集散地, 明末时已是湘西名镇。清康熙年间, 江西、福建、安徽、江苏、浙江、贵州及湖南省内的湘乡、宝庆、衡阳等地商贾因经商的需要和有利润可图, 纷纷迁来此地定居或设会馆、义园。因此江洪人口发展迅速。到光绪十三年(公元1887年)仲夏编查户口时, 洪江有正册的居民已是22290人。至宣统年间已近5万人口。全国20多个省市的商贾游客聚居洪江, 坐商久居, 进行商务活动。洪江以"远额争营千货集, 上游独居五溪雄"显示其地方风水的独特魅力。"尽日沧波翠霭笼, 兰舟络驿往来通", 也许这就是清代康熙年间王炯笔下"七省通衢"的万家烟火称堪巨镇的洪江吧。

古雅文化之乡——铜仁

铜仁地区位于贵州省东北部，东邻湖南，北接重庆，南抵万山特区、玉屏，西连本省江口、岑巩，地处云贵高原向湘西丘陵过渡的武陵山区中段，扼西南通往中原之咽喉，居中原进入西南第一站，素有"黔东重镇"、"黔东门户"、"黔中各郡邑，独美于铜仁"的美誉，为黔东地区政治、经济、文化中心，是一座正在崛起的内陆开放城市。

铜仁原名"铜人"，相传元朝时有渔人在铜岩处潜入江底，得铜人三尊。元代设置"铜仁大小江蛮夷军民长官司"，公元1413年始设"铜仁府"，铜仁由此得名。铜仁市辖7个民族乡、5个镇、5个办事处，总面积1515平方公里，总人口33.1万人，居住有汉、侗、土家、苗等25个民族。

傩技传承之地
——铜仁市

山清水秀的铜仁市是一座河多、桥多、山多、山青水秀的山城,位于贵州高原东部,武陵山区腹地,东邻湘,北接渝,连接中原地区与西南边陲,为"黔东门户"。侗族除了玉屏是自治县外,就是石阡、岑巩、万山特区为多。铜仁市的侗族约占一半。

铜仁历史悠久,春秋属荆楚,秦属中道,明代设府,沿袭至今。全区八县一市一特区,总面积18023平方公里,总人口375万,有汉、土家、苗、侗、仡佬等26个民族。

神奇的山,秀美的水,温和的气候,充沛的雨量,赐予了铜仁丰富的自然资源,交通邮电通讯事业发展迅速,乡以上的区域都通有手机信号。区内公路四通八达,水上航运直下长江,大兴机场2001年7月通航,湘黔复线铁路贯穿玉屏县境内,设有玉屏、大龙两个火车站,正在兴建中的渝怀铁路将贯穿铜仁、江口、松桃三个县市,设有10个站,2004年建成通车。玉(屏)铜(仁)高级公路也已通车,320国道高速公路也通车。

傩文化是铜仁的乡土文化特色。目前全区尚有480多个班子(每个班子10个人左右)广泛活动在民间,比较完整地保留了傩文化精髓。

铜仁地区傩的活动主要有两大类,即:"冲傩"、"还愿"。"冲傩"一般是临时性的,主要是傩信仰者家中一旦发生了不幸就及时请傩法师(即

侗乡的幽幽深巷

掌坛师)来"冲傩"。"还愿"则不同,这是主人事先许下的"愿",其"愿"的种类很多,祈求老人长寿的"寿愿",求子的"子童愿",孩子满十二岁许的"过关愿",还有祈求五谷丰登,六畜兴旺,一家人四季平安许下的愿等等。凡许下的愿如愿之后,主人就要选定良辰,请掌坛师来举行傩祭"还愿"。"还愿"是一种酬谢神灵的活动。因此,比较隆重,少则三天,多则十天半月。"还愿"结束这天,亲朋好友要前来祝贺,晚间还要唱戏祝贺主人平安,款待来贺亲友。

傩的主要特点是通过傩祭鬼逐疫。祭中有戏,戏中有祭,通过傩祭酬神驱鬼,通过戏娱人娱神。

再就是通过生动形象的别具一格的傩面具化妆来进行表演，每个面具都固定的名称，代表扮演角色的身份，掌坛师视其为神祇。正戏中有24个面具，代表24个神，在这24个神中，又有正神和凶神两大类，每个面具大都有传说故事，说明他的来历。傩戏面具是根据它所代表的人物性格刻划出来的，如凶神的主要任务是驱邪打鬼，故面具的形象狰狞恐怖，充满杀气。古老傩戏面具不仅是傩文化的珍贵文物，而且是古代民间雕刻艺术瑰宝。

傩文化博物馆——东山寺

有全国唯一的傩文化博物馆之称的东山寺，内有傩词本、资料、面具、道具等。只是平时不开放，想看的事先到文物管理部门去要求，否则永远有一把"铁将军"将你拒之门外。博物馆门口没有招牌，我们都是慕名而至，却在山上山下找了几个来回还没找到，最后还是请教和尚，才回到那座没有任何标志的院内，像贼似的从窗户玻璃外往内望去，才看到墙壁上挂的照片。

川主宫

川主宫是古水上丝绸之路带来的四川会馆，至今仍保存完好，里面戏台、廊画、厅堂都装修完好。也许是我祖籍四川，对这个会馆有着特别的感情，所以特地在会馆里小坐了一会，静静享受了一下当年行走江湖的四川情感。

川主宫位于两江河畔，站在这里可以拍到铜仁清秀的河景。

川主宫大厅

古傩之风遗存
——玉屏

贵州省唯一个侗族自治县——玉屏县，隶属铜仁地区，全县总面积517平方公里，辖四镇两乡，人口13.8万，其中侗族占总人口的60%。

玉屏素有"黔东门户"之称，为贵州省的东大门，是贵州"东联"发展战略的"桥头堡"，是中南与西南的交通结合部。境内有六复线铁路、320国道、201省道穿境而过，与纵横交错的县、乡、村公路构成了四通八达的交通运输网络，并实现了村村通公路。玉屏火车站是成都铁路局与广州铁路局的折返段，大龙货站是湘黔线贵州段三大货站之一，玉屏、大龙两站承担着毗邻三省市五地(州)十七县(市)的人流、物资集散中转。

玉屏县还有古城墙、钟鼓楼、印山书院、七星桥、侗族风雨桥等县级文物及八仙岩、万卷书崖、白水洞瀑布、贺家滩电站等风景点，舞阳河旅游开发项目已通过省级论证，有独特的侗族风情。

县城最富有民俗感觉的街道是通往钟鼓楼的老街。老街上的铺子都是传统的店面铺子，我们去拍钟鼓楼时，无意看到一个叫洪记的花圈店里卖的寿物都是非常传统的民俗物品，如尸枕是鸡形，里面装的一个是棉花，一个是谷壳。有"男耕女织"的意思；鸡喻凤，是仙鹤引路之意；老人帽和服饰也是民族化了的。说是"不穿自己的东西归宗时，老祖宗不认识就不收你"。隔壁是纸店，做钱纸，用木架铁板压着黄草纸，再骑在上面，一排排打洞；老人背的竹背篓，也很有新意，有娃娃坐的地方。

玉屏特产

玉屏萧是古今闻名的侗萧。玉屏在明代以前为平溪。清雍正撤平溪卫改玉屏县。从清乾隆《玉屏县志》看，"平萧，邑人郑氏得之异传，音韵清越，善音者，谓不减凤笙"的这段记载，说明玉屏萧早在明万历年间以前就传到玉屏，能上县志必是一方特色。看《玉屏县志》，玉屏萧早在1913年为郑步青、郑丹青兄弟参加在英国伦敦国际工艺品展览会上获得银质奖章；1915年，又在美国的旧金山召开的"巴拿马太

传统的农耕用具

平洋万国博览会"上获金质奖章。这以后小小一个玉屏县的萧厂增至30余家，从业人员达到80余人，足见玉萧的繁华。

我们在县城街心花园的马路边见到几家玉屏萧的作坊，问后得知是原玉屏萧厂的职工，下岗后，继续从事玉萧的和个体买卖，生意还不错。

玉屏古迹

钟鼓楼位于玉屏县城南十字街心，子午偏西23度。钟鼓楼始建于明永乐(公元1403-1424年)年间，迄今600来年，历尽沧桑。清乾隆元年(公元1736年)朽塌。乾隆九年(公元1744年)重修。同治三年(公元1865年1月5日)毁于兵火。光绪三年(公元1877年)再修。1972年7月拆除，1984年3月，中共玉屏侗族自治县委、自治县人民政府应各族人民要求，拨款按原样，在原址予以修复。1985年10月1日破土兴工，1987年9月30日全部竣工。钟鼓楼三层，二十八柱落地，地面海拔高程琉璃瓦屋面，青石板地平，建筑面积278平方米，耗资32万余元。

钟鼓楼装饰，底层顶棚有"龙凤藻井"，二、三楼角撑为"八仙"，底楼角撑为"狮子"，镂空花板有

朝阳大寨

"文王访贤"、"仙女散花"、"吹箫引凤"、"哪吒闹海"。屋面鸥吻为鳌鱼及仙藻,凤凰和龙,台阶围墙元窗为"大吉祥"图案,二楼画"河图"、"洛书",三楼画"太极八卦",象征中华民族大团结中的古老文化。1989年自治县人民政府公布为县级重点文物保护单位。

印山书院位于玉屏城内,是一个默默无闻却非常优美逸人的古时书院,古香古色的庭院,古根古皮的古树,雕花凿刻的门窗,庭院深深。这是我们踏进城中印山小学,看到这座建于清道光七年(1827年),为县属生员"敬德修业、以应科举"的古庭院前,心中油然而生的感受。这座书院据县志载,曾在清同治三年毁于兵火,光绪二十九年重建。现因置身于小学院内,朗朗的童年读书声更衬托出书院的勃勃生机。

朝阳大寨——生态农耕之地

中国北侗原生态生产工具和农民生活的天然博物馆,这是笔者到了玉屏县朝阳大寨之后得出的深切感受。

朝阳大寨距县城15公里,国道至三家桥(地名)下车再进去12公里,是新店乡侗族风俗较浓的地方,素有"侗乡之故"美称,是贵州"省级第二批文化先进乡",全乡共有9个行政村,66个村民组,总人口1.2万人,侗族占总人口96%。株六复线铁路、320国道从境内通过,东与平溪镇相连,南与湖南省新晃县凉伞、黄雷两乡交界,西与镇远县羊坪镇毗邻,北与岭巩县思阳镇接壤。该乡是典型的侗乡,有迷人的民族风情,侗族人民的衣食进行依然

保持,人们会侗语、会唱山歌、小调、酒歌,会跳花灯舞、茶灯舞、花棍舞、蚌舞等民族舞蹈,会表演傩戏、鼓戏等民间戏曲。朝阳大寨就是其中一个典型村寨。

走进朝阳大寨,依山而建的侗寨被绿翠的竹树半遮半露着,在64岁老农姚茂研的家里,我们看到各种农具应有尽有,不同时代的生活用具,如最原始的木桶式娃娃筒、背篓式娃娃架、打草鞋的工具等,简直就是一个原始农具博物馆。姚家还有卫生间呢,小院整洁干净。

朝阳大寨还有一个特殊的人口出生现象,就是与从江占里一样,一家也只有两个孩子。过去没有做计划生育是这样,现在计划生育还是这样。不过与占里不同的是,占里是用"换花草"控制人口,这里却是自然现象。不过不是一男一女,有的人家是两男或两女,有的是一男一女,但总只有两人,三胞胎的现象极少。

地理知识百科

岑巩

中国侗乡唯一一个用侗语命名的小县。岑是山的意思,巩是坡坡的意思,连起来就是山坡坡。岑巩是座小山城,去年以前老县城在古思州。搬到现在的地址只一年左右。从玉屏到岑巩很方便。

思州的古巫傩至今仍流传于民间,每缝民间办红白喜事或过大节气时,民间的傩技是最热门的表演。然而,岑巩除了傩技,山水也是一等一的优美。

岑巩的龙鳌河一带,风景胜过桂林,是一个以自然山、水、林、瀑布群为主要景点的风光带。一路上有二道瀑、轿子岩、兰天一柱、金猴守寨、十里桐770、象鼻山、龙鳌飞水、银河飞瀑、生肖岩、圆圆出浴、字岩、峰洞等天造之美景。

岑巩在明代时就是思州府治之地,除了自然风景,还有许多人文景观。如思州古城、中木召庄园等。岑巩还有一个宝贝特产,就是思州石砚。新城也是一条主街,一眼看到头,所以找地方很容易。

地灵禾廊

中国鼟锣艺术之乡——万山

万山鼟锣艺术文化，起源于宋末明初。因万山盛产的朱砂宝石深受皇室贵族喜爱，朝庭为保护汞砂资源，朱元璋以平苗为借口派兵镇压，先后派刘、肖、罗氏将军住守万山，历时一年多平定了苗民，建立黄道司、敖寨司、万山司政权。刘、肖、罗队从中原带来了大量的锣、鼓器用于战争指挥。平苗结束后，土兵们把战时用作指挥的锣鼓打锣比赛，逐渐演变成原始的民间鼟锣艺术（"鼟锣"即比赛的意思）。一直沿传至今。锣分筛金锣、大锣、班锣和碗锣，最大的锣直径有2米，最小的锣直径仅0.6米。锣调有60多种，农家各种节日、婚丧嫁娶、敬神还愿都有锣调。每逢喜庆节日和隆重场合侗族山乡群众都要举行鼟锣比赛。鼟锣以2人以上多人不限直到村寨为单位相互鼟锣比赛。二面、几十面甚至几百面锣辅之以一定数量的鼓、锁呐合奏，声音美妙动人，尤如交响乐昂扬激起的高潮，又似平远悠长的和音，其场面十分壮观并形成独有的艺术特点。

1994年中央电视台来我区专题采访鼟锣艺术，参加鼟锣人员达1000人，围观群众3万人，鼟锣声音在空中久久回荡，1994年12月省文化厅授于万山"鼟锣艺术之乡"之称。2002年万山特区组织50人的鼟锣团参加铜仁地区第四届经贸会文艺演出，一锣打响，万山民间鼟锣艺术从此正式走向舞台，走出万山。

排排屋

万山特区高楼坪乡水眼坪村梯形排排屋是万山侗族风情的典型代表。该村共有3个自然寨组。各寨古屋建造独特；寨中房屋皆以马桑、

地　名 ● 万山
关键词 ● 鼟锣艺术、排排屋

枧梨等杂木构造，奠定柱脚的石墩全部雕刻成鼓形，并镌以各类花鸟物景图案，然而岁月的流逝，几乎抹去了历史的阵迹，变得有些模糊不清。院落的大门分主道大门和次道大门，主大门又分为两层，呈"八"字形敞开，院墙高4米，门墙上皆刻有图文并茂的壁画，古朴肃穆中透着一种豪门之气。房屋依山而建，从上到下，梯形排列，上下排相距2—3米。第一排到第五排从大到小依次而上呈梯形排列。每排房屋用方青石砌成宽约1米，高约0.5米，长50—100米的阶檐；阶檐外是用正方形石块砌成三排宽2.7米，长50—100米不等的院坝。每排住4—5家，户户相连。所有的厢房、猪圈、牛棚一律建于两头，厕所建在猪圈房边，并堆放柴草杂物及农用工具等。每排房子两端都建有水池，据说是用来防火灾的救火用水。

壮观的侗家风情

侗女绝活

侗族是一个美丽的民族,我们认识侗族是从服饰艺术开始的。侗族的服饰大约有100多种,侗族服饰工艺技术的传承则是通过侗族母传女,一针一线传承下来的。

滚绣

滚绣是南部侗族地区民间手工艺最有代表性的美丽工艺,现仅存于黎平、榕江、从江三县交界,也就是学术界称七十二寨的上百侗寨中。

滚绣是用彩色丝线按设计好的图案,在织物上缀连成花纹样,用绕串针法绣的美丽图案。滚绣的绣法是出针时用丝线在针上绕缠数圈或十数圈,然后再进针,这种针法使绣面凸起,如同浮雕。

刺绣

侗族绣花饰品主要用于衣襟、袖口、胸兜、裙边和绶带等,右衽大襟上的绣花最有特色,最精美华丽,各种造型的龙凤、锦鸡、鱼蝶都十分生动,各种花、树、叶、果都很鲜艳独特,构图丰满。刺绣针法有的多达20多种,以铺针、辫股绣、打籽绣、劈绒、接针、缠针、锁针、盘全、套扣等针法为主。有的用各色丝线直接刺绣,有的用剪纸贴绣,有的还钉上小铜镜片、小圆珠粒等饰品。色彩明快鲜艳,富丽堂皇,充满生气,反映了母亲盼望孩子健康成长的殷切期望。

挑花

挑花,又称十字绣,是一种严格按照布料经纬络以小十字挑织花纹图案的刺绣方法。侗族妇女的挑花一般用于头巾、腰带、领口、胸兜和各类背袋装饰花边。有以白色为底，绣蓝、红、绿花装饰的胸兜、头巾。挑花图案以十字形直角构成，有独特的变形几何装饰风格。挑绣的动物，飞禽中的脚、翅，花卉的花瓣、叶子都安排得很均匀对称，有如织锦艺术。

贴花

贴花有两种，一种是用彩色小布块拼成各种图案以作为装饰品的，用红、绿、黄、蓝小三角布块，在一块正方形的白色底布上镶拼成各种菱形图案，有大有小，然后将大的花片一角吊起，在左右和下面的角上又系一串鹅毛管节和一簇鹅毛。这种饰品由妇女绣上自己的名字，作为贵重的礼物和吉祥的象征，送到新落成的鼓楼、戏台或风雨桥梁上悬挂。

蜡染

侗族地区在民间工艺上有印染与蜡染。印染主要在北部侗族，蜡染在南部侗族。通道侗族的蜡染主要表现在工艺制作上。

蜡染，通道侗族称"点蜡慢"，其制作方法有三：第一种是先以蜡刀蘸于布上，绘成所需的花纹图案，然后将布放入染缸浸染，最后取出用水煮沸，刮去原来敷上的黄蜡，现出白色花纹；第二种是将硬纸做成的花版模型放在白布上，刷以蜡或黄豆浆，放蓝靛染缸中印染后洗净晒干，刮去蜡或黄豆浆，就会出现蓝底白花；第三种是先将白布缝成各种花纹，放入蓝靛染缸浸透，然后将密缝的部分拆开，也会出现蓝底白花。图案以龙爪菜（即蕨菜）和刺藜花为主，也有采用涡波花纹，或连锁式图案等。

侗乡工艺

附录

雕刻

侗族地区的碑文雕刻,现存较早的是清朝文物。但石雕、木雕及与之派生出的饮食雕刻文化、生活用具雕刻文化却远在5000年前就开始了。

除了以历史悠久见长的石雕,侗族的木雕更为普遍。侗族地区只要有村寨的地方,定有参天古树。居民住的是清一色木楼,又称"吊脚楼"、"干栏"。生活用具也都以木为主,传统的木雕使古寨变得艺术起来。

木雕材料多为柏梓、山白杨、梨树、千年矮、楠木、樟木等。侗族的木雕,大面积地表现在公共场所之中的是寨门木刻。木雕在图腾崇拜中表现得最多的是佛像和崇拜偶像。除了龙(蛇)图腾、太阳图腾、鸟图腾、鱼图腾,除了侗民族的图腾崇拜之外,还雕有夜郎王的木像以及菩萨像。

花街

侗族是个爱美的民族,衣服上有绣花、桥上有绘画、鼓楼有雕刻,就连日常行走的路上也有镶嵌的艺术。行走侗乡,随处可见的:一是青石板镶嵌成的街巷,二是花卵石镶嵌的芦笙坪和花街。

侗族地区的大小村寨,寨头寨尾由无数条小径连接成一个整体,而寨内这些"小径",在侗族内部叫花街。所谓花街，意在"花"字上，是侗族祖先用无数个卵石排列成种种图案，形似花而得名。侗寨的花街多为拼成某个图案、近看不觉得，远看才看得出其图案，其形状不仅精美而且寓意深远。

银饰

　　侗族的银饰古今闻名。不仅花样百异，而且手工精美。银饰在侗族生活习俗中应用非常广泛。新晃侗族姑娘出嫁，头上插着一朵银打的"莲蓬"花。出嫁后头插"银簪"或"玉簪"，在右衽扣上别上一串银制的花，叫"前钗花"。

　　银饰在整个侗族地区非常盛行，而银饰中的装饰物通常也有特殊的意义。其中尤以童帽上的装饰最有特色。一般帽檐有两层银饰，上层嵌有十八罗汉，下层嵌有十朵梅花；两鬓各饰一个月亮，月亮中有的镶双龙炼宝、丹凤朝阳，有的镶吴刚伐桂、嫦娥奔月；帽后围有7至11根银浪链，尾端镶上鹰爪、葫芦、金鱼、瓜子、四方印、响铃等饰物。银饰还有项圈、手圈、脚圈、耳环、戒指、头饰等，制作均十分精湛。

索引

各条目按章编号检索

关键词索引

欢迎您订阅上海故事会文化传媒有限公司的 **4** 大期刊

中国发行量最大的故事刊物
《故事会》

邮发代号：4-225　定价：3.00元／册

中国第一本老资格公民的生活类杂志
《金色年代》

邮发代号：4-808　定价：8.00元／册

让你了解中国和世界的每一段旅程
《旅游天地》

邮发代号：4-305　定价：18.00元／册

新淑女时代的女性读物
《秀 with》

刊号：CN31-1894/G　定价：18.00元／册

订阅方法：

① 4本杂志均可破季订阅

② 可通过各地邮局办理邮政订阅

③ 可通过网络订阅（《故事会》除外）
请登录故事中国网 www.storychina.cn
办理有关手续和了解杂志信息

④ 可通过汇款邮购订阅
上海故事会文化传媒有限公司可办理邮购
免收邮费（挂号除外）
汇款地址：上海市南绍兴路74号（200020）
收 款 人：上海故事会文化传媒有限公司
邮购热线：021-54667910 附言请注明您所订的杂志名称

欢迎登录故事会公司旗下的四大网站：

中国最大的故事门户网站——故事中国网（www.storychina.cn）；老资格公民的生活网站——老爸老妈网（www.686m.com）；
新淑女的时尚参考——秀 With 网(www.with-china.net)；老牌旅游杂志——旅游天地网(www.travellingscope.com)。